布袋戲阿伯
劉日義◎著
封面插圖◎超感動

天公廟

人物介紹：

張力強　開心國小五年級學生　11歲　男

出身於布袋戲世家的小男生，立志長大要和爸爸操控的布袋戲偶燕子俠一樣行俠仗義。張力強希望成為燕子俠是因為自己身材比其他孩子都矮小，經常受到欺負，所以才希望自己能夠成為壞人恐懼的英雄。

葉嬌柔　開心國小五年級學生　11歲　女

擁有打抱不平的個性，是開心國小的風雲人物。她與母親相依為命，而母親是鳳凰布袋戲戲班班主。在學校，她和張力強是好朋友，可是出了學校，母親和力強的父親卻是關係緊張的競爭對手，這關係也讓

她和張力強的友誼成為兩人的小秘密。

張金榜　米糕布袋戲戲班班主　42歲　男

因為老父親突然過世，只好當上布袋戲班的接班人。張金榜想要把戲班子賣掉，拿錢去做生意，縱使有一身好功夫，卻顯得鬱鬱不得志。

葉秀蘭　鳳凰布袋戲戲班班主　40歲　女

初中畢業後就跟著父親到處賣藝，現在經營的鳳凰布袋戲戲班是個幾乎成員都是女性的特殊團體。葉秀蘭覺得從事布袋戲行業很辛苦，一心希望女兒好好讀書，以後過好日子。

目次

天公廟

第一章

廟口前的戲台子

「咚囉咚囉鏘……咚囉咚囉鏘……」

嘉武村天公廟前，米糕布袋戲戲班的樂團鑼鈸手，努力摩擦銅鈸，發出清脆的節奏聲。

這一場戲演的是羅貫中《三國演義》中「空城計」的故事，這是米糕布袋戲戲班的拿手好戲。唯獨上演的時間日頭炎炎，來看布袋戲的人不多，只有幾個對布袋戲很熱衷的孩子，三三兩兩在戲台前席地而坐，他們目不轉睛，捨不得將視線離開戲台上羽扇綸巾的諸葛孔明。

戲台後方，兩位米糕戲班的操偶師羅華漢和羅偉誌兩兄弟，他們雙手不住操縱戲偶，一面對話。

「丞相，魏軍已經兵臨城下，我們該如何是好？」諸葛亮身邊的童子對他慌張的說。

「切勿中了司馬懿的圈套，我們兵行險招，定有方法度過此難。」諸葛亮一搖羽扇，對身旁童子緩緩道。

為了配合角色，他們時而拉高嗓子，假扮年幼孺子的聲音；時而低沉，學起老先生講話。他們比外頭的觀眾更辛苦，後台沒有空氣流通，更加悶熱，加上他們又要不斷動作，演出中間兩人都汗如雨下。

米糕戲班的班主，也是第二代傳人，人中兩側留著八字鬍，眼睛瞇得像是兩道縫隙的張金榜，他偷偷從後台看出去，見只有幾個孩子在看戲，有點無奈的喃喃說：「唉！好好一齣戲，就只有幾個毛頭小子看，真是浪費。」

張金榜見操偶師舞動人偶十分辛苦，小聲對他們說：「今天人不多，大家應付應付就好。」

羅偉誌和羅華漢兩兄弟才剛滿十八，他們從小跟著張金榜學習布袋戲，聽到師父交待不用太認真，兩個人面面相覷，不知道該不該照辦。

「阿兄，師父叫我們隨便應付一下，我們真的要這樣做嗎？」羅華漢有點不敢相信的對羅偉誌說。

「我也不知道，可是平常練習師父也叫我們不應該偷懶，我看我們還是

別隨便放鬆，搞不好這是師父在測試我們。」羅偉誌想了很多，怎麼都不覺得師父會要他們隨便應付台前觀眾，畢竟米糕布袋戲有三十年歷史，在附近一帶名聲顯赫，富有傳統與口碑。

想到可能是張金榜要測試他們的意志力，兩兄弟舞動起戲偶非但沒有隨便，反而更加賣力。台前的孩子見戲偶躍動激烈，交頭接耳。

「你們覺不覺得今天的諸葛亮特別有精神？」

「對啊！好像年輕了十歲。」

「不知道年輕十歲的諸葛亮跟張飛打架誰會贏？」

張金榜向羅氏兄弟交待完，走到戲台後方，堆放到具和物品的區域，在那張他專屬的藤椅上躺下來。

「夏日炎炎正好眠，此話果然不假。」張金榜完全沒把今天的演出放在心上，閉起眼睛打盹兒。

才準備要睡，有人在張金榜肩頭輕拍一下。

「誰？」張金榜沒好氣的睜眼說。一看是寶貝兒子張力強，立刻露出笑容，說：「力強，你下課了？」

「對啊！今天禮拜六，學校只上半天。」張力強比起其他孩子矮小，但是聲音卻比其他孩子宏亮。

「阿爸想要睡一下，你自己去玩兒，乖。」

「可是大羅和小羅哥哥在表演，阿爸你不等他們演完再休息嗎？」

「大羅跟小羅他們在你這個年紀就開始學布袋戲，這一套他們很熟了，不用我操心。」

「阿爸，你這樣說也對。可是沒有人盯著，這樣真的好嗎？」

張金榜摸摸兒子的小腦袋瓜兒，見他如此有責任感，從藤椅上坐起身，說：「好啦！阿爸就先不休息了，我們一起去後台看看。」

「好！」張力強最喜歡布袋戲，尤其喜歡看操偶師操作布袋戲的手法，大聲叫好。

隨著國小放學，戲台前一下子增加好多小朋友，看戲的場面熱鬧起來，賣香腸的攤販都來了。

有了觀眾的鼓譟，演出的人頓時有了動力，更加賣力。

土地公廟前，每年都會有幾天上演這樣熱鬧的戲碼。有不同的人因為不同的理由，請布袋戲班表演，演給神明看，也演給村民們看。布袋戲總是帶給人們歡樂，讓人們有機會透過戲偶，瞭解各種賞善罰惡、行俠仗義等等勸人向善的民間故事。

看戲的觀眾們在戲台前圍成半圓形，最外圍，一位小女孩目不轉睛的看著布袋戲演出。一位年約十七、八歲的大姊姊跟在她身邊，臉上表情有些惶恐，像是深怕被人瞧見自己出現在這個場子。

「小姐，我們來這裡看布袋戲，要是給秀蘭阿姨知道，肯定會被罵的。」大姊姊略帶緊張的對小女孩說。

「有什麼好緊張的，不過就是看個布袋戲。」

「哎唷！今天如果是看歌仔戲，看魔術表演都好，偏偏是看布袋戲，而且是看米糕戲班的布袋戲，這……這可不好。」

「妳就怕我媽媽罵人，我可不怕。」

「小姐，妳是秀蘭阿姨的掌上明珠，當然不怕。我可不是，我只是一個小小的團員。」

「我們家也是做布袋戲的，大家同行互相觀摩，沒關係吧？學校老師也常跟我們說，要多和其他人比看看，互相學習。」

大姊姊苦笑，她雖然覺得小女孩說的對，但心底還是無法完全認同，因為秀蘭阿姨的教誨，比小女孩說的話對不對更重要。

戲台演得火熱，張力強也想看一看諸葛亮與司馬懿鬥智的場景，從後台又跑到台前，想和觀眾們同樂。才走出去，他就見到一位班上的老朋友。

「嬌柔？」張力強三步併作兩步，跑向小女孩，喊道。

大姊姊見到張力強，不禁皺眉，問小女孩說：「小姐，這位是？」

「他是我的好朋……喔！我是說我們班同學。」小女孩原來是鳳凰布袋戲戲班的千金，她和張力強是同班同學，但除了同學身份之外，他們還有個不能說的秘密。

「大姊姊，妳好。」張力強很有禮貌的說。

「這位姊姊是我們戲班子的人，也是我媽媽的徒弟。」

「小弟弟你好，叫我枝春姊就行了。」

這位大姊姊正是鳳凰布袋戲的學徒，平常她除了學藝，另外一項重要的工作就是跟在戲班主人葉秀蘭的寶貝女兒葉嬌柔身邊。角色像是姊姊，又像是一位陪伴小孩子的書僮。

枝春看著張力強，問葉嬌柔說：「這個小男生好眼熟，難道是米糕布袋戲的人？」

張力強聽到枝春問葉嬌柔的問題，搶著說：「我是啊！米糕布袋戲是我們家開的唷！」

枝春臉上一驚，連忙拉著葉嬌柔要走。

張力強滿臉疑惑，覺得枝春的表情變得很詭異，問道：「你們不把戲看完嗎？三國系列可是我們米糕戲班的拿手好戲。」

「不了、不了！」枝春連忙說。

場面顯得尷尬，張力強的熱情，對照枝春的驚恐，以及葉嬌柔的沉默。

「好啊！」此刻，空城計演到最高潮，司馬懿中了諸葛亮的圈套，不敢發兵，反倒帶著魏軍撤退。觀眾看到這一幕，大聲為諸葛亮的神機妙算歡呼。

葉嬌柔對張力強揮揮手，說：「不好意思，我要回家了，明天學校見。」

「再見。」

嘉武村是個居民不過幾百人的小村莊，但是這個小村莊卻有兩間十分出名的布袋戲班，由張金榜率領的米糕布袋戲，以及由葉秀蘭率領的鳳凰布袋

戲。兩間戲班，一間以男性成員為主，最擅長演出《三國演義》、《七俠五義》等武打多、場面大，講求忠孝節義的戲碼。另一間則是擅長演出《西廂記》、《白蛇傳》等武打不多，講求戲劇情節張力的故事。

兩間戲班，彼此之間處於強大的競爭關係，誰也不讓誰，誰也不覺得自己比對方低一級。兩間布袋戲班，他們都想成為在地最好的戲班。也因為這層關係，兩家戲班的人故意不互相往來，因為他們要在演出上面比試，看誰才是台灣寶島第一布袋戲班。

葉嬌柔和張力強，他們不懂為什麼大人之間要那麼複雜，為什麼他們不能像其他小朋友，可以快快樂樂的在一起玩耍。

葉嬌柔被枝春拉著，走了一大段路，她回頭朝張力強瞧了一眼，張力強對她比了個鬼臉，像是在說：「明天教室見。」

葉嬌柔噗哧一笑，不管大人之間怎麼樣，她和張力強兩個從小學一年級同班到現在，儘管大人們不清楚，可他們卻是彼此信任的好朋友。

第二章 布袋戲阿伯

米糕布袋戲班一天的表演結束了，從早上十一點上演「空城計」，跟著又演出「過五關斬六將」收尾。時間已接近傍晚，工作人員正在整理戲台子，為下一場到來的演出做準備。

天公廟廟公，以及邀請米糕布袋戲演出的出資人，開鐵工廠的劉老闆，他們跑來跟張金榜寒暄。

廟公開頭就先稱讚張金榜，說：「金榜，今天的演出很圓滿，我看後來好多孩子們過來看，三國演義果然是吸引人的好戲碼。」

「廟公你太客氣了，戲班就是靠大家的支持才能生活，我也只是盡到我該做的責任。」

「不能這麼說，布袋戲班經營起來可不輕鬆，尤其一代傳一代的獨門功夫，處處都是學問，金榜你別客氣了，誰不知道張金榜可是嘉武村『上港有名聲，下港有出名』的布袋戲阿伯。」

劉老闆剛開始不搭話，靜靜的聽著廟公和張金榜兩個人在那邊互相謙

虛，然後才緩緩開口說：「今天這戲演得是不錯。」

劉老闆的鐵工廠可是附近幾個村子最賺錢的生意。今天大家有布袋戲看，也是因為劉老闆的媳婦剛出生的小孫子是個帶把的男孩子，劉老闆心情一樂，便決定請戲班子在天公廟前面演幾齣戲酬神。

簡單一句話，象徵的可能是未來更多的生意，廟公不敢怠慢，對劉老闆鞠躬哈腰的，十分客氣。

「劉老闆，只要你喜歡，下次還望你多多租借我們這塊廟前廣場，每次有演出總會帶來許多香火，對我們天公廟來說可是百利而無一害。」

「這把帳我還不清楚嗎？哈哈哈！誰都知道嘉武村天公廟的廟公是個錙銖必較的老傢伙，把天公廟整頓的裡裡外外金光閃閃，聽說今年又要重修大殿，想必又得花不少銀子。」

「劉老闆你怎麼把話說到這上頭來了，我小小一個廟公，哪能有什麼厲害的本事，要比掙錢的功夫，哪比得上劉老闆。要是少了鐵工廠，這一帶少

說有十幾戶的家庭連地瓜稀飯都沒得吃了。」

「說到這個，我今年打算擴建廠房，到時候又需要一些人來幫忙。」

「此話當真？這不就是說又能為嘉武村和附近其他鄉民帶來許多工作機會。哇！這可是大大的善事呢！」

劉老闆笑嘻嘻的，對於鐵工廠生意越做越大，自己也十分得意。

「我翻了翻黃曆，又去問了鐵板神算，基本上確定下個月初六動土，到時候開工大吉，我還想請戲班子演一齣戲。」

「喔！那太好了。」廟公對張金榜說。

張金榜向劉老闆說：「感謝劉老闆關照。」

「且慢。」劉老闆揮手，接著說：「今天的場面是不錯，但武戲太多了，我想若是多點文戲，比較熱鬧。」

張金榜猜到劉老闆的心意，本來微微上揚的嘴角慢慢往下。

「嘉武村有兩個大戲班，米糕和鳳凰，下個月動土當天，我想讓米糕和

鳳凰於天公廟前廣場來場文戲鬥武戲，邀請村裡村外的民眾都來天公廟看戲。嘿！這下肯定熱鬧非凡，可以讓所有人知道我劉老闆賺錢不忘造福鄉里。」

「劉老闆，你真是生意人的表率。」廟公對劉老闆豎起大拇指說。

張金榜勉強擠出微笑，心底卻是在暗暗咒罵：「這個眼裡只有錢的傢伙，什麼文戲鬥武戲，文戲我們米糕也會演，還用得著找另外一個戲班子！分明是這傢伙又在想著要怎麼樣宣傳自己，讓大家看看他口袋裡裝著的鈔票和銅板。呿！不過就是一個渾身銅臭味的傢伙，根本不能理解布袋戲的文化。」

要和鳳凰布袋戲班合演，張金榜為了生活，只能勉強接受。

合演的消息，很快的就在村裡傳開，連隔壁幾個村的村民們聽到這個消息，也跟著興奮起來，大家都想一睹兩大戲班的風采。

開心國小，孩子們也熱烈的討論著下個月初六，天公廟前的布袋戲演

出。

「好棒喔！這樣可以同時看到兩個不同的布袋戲。」

「米糕布袋戲比較好看，我最喜歡看關雲長打鬥的時候，拿起刀一揮，就把魏軍首領的腦袋砍下，超帥的！」

「哪有！鳳凰演的布袋戲才好看，上次我看白蛇傳，許仙和白素真訣別那一段，我都快哭了。」

「你哭是因為你本來就愛哭好不好。」

「我是感動得哭了，跟愛哭不一樣。」

「明明就一樣。」

「你不要亂說。」

「你不服氣啊？有種到外面走廊釘孤枝！」

「釘就釘，誰……誰怕誰啊！」

孩子們討論的熱烈，竟然吵起來了。男孩子最怕有人說自己愛哭，感覺

那像是一種說自己懦弱的表現。為了掩飾自己不是懦弱的人，最好的方法就是「釘孤枝」，大家單挑。

相較於班上同學們討論的熱烈，教室外頭，靠近學校後山的圍牆邊，那裡有一排被沒有什麼人會去玩的單槓，張力強和葉嬌柔，他們兩個人坐在那邊，一面聊天，一面看著操場上玩耍的學生們。

「為什麼我不能去看你們家的布袋戲呢？」葉嬌柔雙手撐著小臉蛋說。

「我也不知道，大人們好難懂，他們說什麼我們兩家不一樣，所以不能看。」

「明明都是布袋戲，哪裡不一樣？演出的劇本不一樣嗎？」

「我也不知道。」張力強雙手一攤，無奈的說。

「大人們都不知道我們是好朋友。」

「嗯！可是我也不知道該怎麼跟他們說。」

「千萬不要說，你看那天枝春姊見到你的表情，就跟見到鬼一樣。」

「是喔？那妳回家還好嗎？有沒有被媽媽唸？」

「沒有啦！枝春姊最喜歡窮緊張，但她對我很好，很多事情都會幫我瞞著媽媽。」

「真好，我們戲班的人都聽我爸爸的，沒有人聽我的。」

「你們戲班不是有大羅哥和小羅哥，聽說兩個都是帥哥？」

「他們最怕我爸爸了，我爸爸沒說話，他們也不敢說話；我爸爸沒吃飯，他們也不敢吃飯。」

「哈！聽起來好好笑。」

「對啊！他們從小就在我爸的戲班學習布袋戲，他們都叫我爸師父，逢年過節還會向我爸磕頭，感謝什麼再……什麼的恩。」

「再造之恩！」葉嬌柔在班上功課很好，尤其國語幾乎每次都考滿分。

「嬌柔妳真厲害，我記得的成語大概一隻手的手指就數得完。」

「我媽媽一天到晚就會對我嘮叨，叫我一定要好好唸書，好像不唸書以

後就會出去要飯似的。」

「她都怎麼說？」

葉嬌柔裝起葉秀蘭講話的聲音和表情，活靈活現的演起來，說：「我的乖柔柔啊！妳趕快回房間唸書，媽媽教姊姊們演戲的絕活，晚點再進去看妳的功課……」

「妳媽媽好逗趣唷！」張力強拍手道。

「自從我爸爸過世之後，就靠媽媽一個人撐起戲班子，她真的很辛苦。可是……每次我說想要學布袋戲，媽媽都不讓我碰那些戲偶，只會叫我唸書。她總是說：『我們做布袋戲的，人家根本瞧不起，只有好好唸書，以後讀大學，出社會才會有好的出路。』」

「妳不覺得這樣很矛盾嗎？如果布袋戲真的不好，那妳媽媽幹嘛還要演布袋戲。」

「是啊！但我想媽媽只是不希望我跟她一樣辛苦吧！」

「說得也是。」

「那你呢？你爸爸也會一天到晚叫你用功唸書嗎？」

「這倒是不會，我爸爸他不太管我這些，我要怎麼樣都好。」

「我真羨慕你。」

「我也很羨慕妳。我爸爸自從媽媽不在之後，整個人變得很消沉，戲班子雖然和以前一樣經營的還不錯，可是我真的很希望爸爸趕快振作起來。」

「大人真的好麻煩喔！」

「對啊！超麻煩的。」

葉嬌柔和張力強，兩個小孩子的年紀加在一起也不過就張金榜的一半大。

遠方，張金榜正在看著徒弟們演練戲碼，突然打了一個噴嚏，他摸摸腦袋，喃喃說：「這種天氣怎麼會感冒，肯定有人在背後說我壞話。」

第三章

阿伯大戰阿姑

時間過得飛快，劉老闆新廠房動土典禮前一天，天公廟前廣場，米糕和鳳凰兩家布袋戲班，都趕忙先一步來此地佈置。大家都想搶一個最好的位置，也就是從廟門口左方正對廣場中央，避開廟門口右方那棵有百年歷史的大松樹，以免遮蔽舞台視線。

戲都還沒開始演，兩個劇團之間的人彼此碰面，立刻擦出火花。

「這裡是我們先來的，你們移動一下位子吧！」

「你也稍微尊重一下，廟前廣場算是公家的，公家的就是大家都可以用，哪有什麼妳的我的。」

來自兩方，沉穩老練的聲音同時對在場兩邊的戲班人馬說：「都給我住嘴。」

葉秀蘭，她穿著一貫的客家藍衫，客家藍衫說是藍衫，可顏色並非一般人以為的天空藍，或是水彩藍，而是固守青、黑之傳統藍染底下，樸實無華的藍。這象徵客家勤樸、節儉的精神，也是葉秀蘭待人處事的風格。

張金榜則是老穿著一件粗布汗衫，乾乾淨淨的，卻沒有什麼特色。衣服上有幾處細微的補釘，自從老婆不在後，他恢復自己照顧自己的單身漢生活，縫補衣服的手藝比不上自己老婆，顯得粗糙，但對他自己而言，這樣的補釘已經夠了。穿著打扮，這一向不是張金榜注重的事。

儘管兩家布袋戲班處於競爭關係，但兩家布袋戲班班主勤儉的風格，倒是頗為一致。

葉秀蘭先開口，對張金榜說：「張先生，不好意思，我們戲班的人不懂禮貌，多有得罪，還望你大人有大量，多多擔待。」

「好說，大家是同行，本來應該互相幫助，而不是互相爭吵。」

場面話講得差不多，兩家人劃定界線，為了搶位子，不得已只好將兩個戲班彼此間的間隔縮短，以避開松樹。

張金榜和葉秀蘭，他們指揮弟子們，戲台子就這樣一點一點的架設起來。

張金榜看了看鳳凰的戲台，戲台上方左右各畫了一隻翺翔的鳳凰，他對葉秀蘭說：「你們戲台子頂上的兩隻鳳凰畫得好啊！栩栩如生。」

葉秀蘭指著米糕布袋戲戲台，內外層層疊疊的佈景，說：「你們張家從事布袋戲三十年，從以前留下來的那些古典佈景，真的很有味道。我幾次想找畫師來畫，偏偏再也沒見過工那麼細的師傅。」

「我們兩家戲班各有千秋，但總體來說，還是有一方比另外一方更為優秀。」

「喔？這麼說來，是有要較量一下的意思？」

「較量不敢，就當互相切磋切磋。」

「好！」葉秀蘭接下張金榜的挑戰書，說：「怎麼個比法？」

「就比觀眾人數。明天開演，各演三場，我們算總人數，最後人多的算贏。」

「這樣合理，可是贏了又如何？」

「嘿！我也這麼想，既然要比，就得有個賭注。」

兩人沉默半晌，葉秀蘭說：「要不這樣，輸的那一方必須掛上贏的那一方名字演出一場。」

「妳是說，要是我輸了，我就得掛著鳳凰布袋戲戲班的名字演出一場；要是妳輸了，你們鳳凰戲班就得掛上我們米糕戲班的名字演出一場？」

「沒錯！」

「沒問題，這我賭了！」

兩人有了默契，下了這個賭注。張金榜和葉秀蘭心底抱著必勝的決心，他們底下的徒弟和助手，可是各個沒把握。但有了一個目標，兩邊的士氣都為之一振，大家都想為自己的戲班子爭取榮譽。隔天一早，演出的時間一到，廟公和鐵工廠劉老闆都來到現場觀看布袋戲。

只見米糕布袋戲和鳳凰布袋戲的戲台，兩邊的人馬都用十二萬分的精神在演出，場面熱烈、好看。這天適逢週末，民眾攜家帶眷的，一整天就當作來出遊兼野餐，把天公廟擠得水洩不通。

廟公見這人多的狀況，笑得合不攏嘴。劉老闆也對這熱鬧的場面感到很滿意，因為這樣一來，大家又見識到自己的財力，在地方上又再一次大大地露了臉。

美中不足的是，因為兩個戲台的距離很近，彼此之間唸口白的聲音會互相干擾，但也因此，口白師傅們都拿出最大的音量，盡可能蓋過對方的聲音。

同樣地，兩邊的樂團無論是吹管的、彈琴的，還是敲鑼打鼓的，大家都卯足全勁。這不像是一場演出，倒像是一場戰爭。

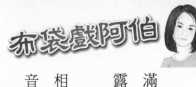

兩邊第一齣戲，米糕演出的是三國大戲，劉關張「三英戰呂布」，這場戲有許多武打，是孩子們的最愛。鳳凰演出的是《白蛇傳》中的「水淹金山」，有文有武，葉秀蘭的策略是希望可以老少通吃。

第一場演得差不多，兩邊算了一下自己和對上的觀眾人數，基本上算是

打了一個平手。

在第二場進行之前，適逢正午，大夥兒也當作第二場之前的休息時間，各自用午餐。台前觀眾們一家老小，像是在野餐，台後則是賣力演出一個早上的操偶師、口白師傅和樂團團員們，大家一起進行聚餐。

羅偉誌扒了幾口飯，說：「剛剛聽師弟們說，早上這一場我們和鳳凰之間的觀眾幾乎沒有差幾個人。觀眾們還真是沒有品味，水淹金山有什麼好看的，要看大水，去看貓羅溪不是更好。三英戰呂布多精彩，武打場面誰看了不是鼓掌叫好？如果是比觀眾鼓掌的聲音大小，肯定是我們米糕獲勝。」

其他幾位弟子也呼應羅偉誌的說法，都覺得早上這一場應該是自己這一方獲勝。張金榜沒有說話，繼續吃著飯。

「師父，您倒是說說話啊！」羅偉誌個性比較急，急著想要聽師父的意見，趕緊問道。

「你們這幾個年輕人，少想這些有的沒的。才不過第一場，還有第二場和第三場，這是長期抗戰，就跟當年打日本鬼子一樣，八年抗戰不多不少，不是看你前面七年誰贏，而是看最後那一年，最後那一天的勝利者是誰。」比張金榜還年長幾歲，從張金榜父親時代就已經入團，目前擔任米糕戲班副班主的大蝦叔，口沫橫飛的說。當年他跟著國民黨軍隊從大陸撤退過來，開口閉口都是當年打仗那一套回憶。

張金榜聽大蝦叔又在講古，忍不住微笑，他對大蝦叔說：「大蝦叔，年輕人對你當年打日本鬼子、打共匪的回憶都不清楚，你舉這個例子他們怎麼聽得懂？」

「現在不懂，以後還是要懂，課本裡頭都寫得清清楚楚。偉大的蔣總統帶領我們打日本鬼子跟共匪，有一天我們還要反攻大陸。到時候我大蝦肯定衝第一個，把那些共產黨趕到西伯利亞去。」

大蝦叔嘮嘮叨叨又說了一大串，見大夥兒沒怎麼仔細聽，張眼一望，說：「今天是週末，力強怎麼不在？」

「他好像跟同學出去玩了。」

「唷！這小子怎麼著，以後還要繼承這個戲班子呢！有這樣一個觀摩的機會竟然跑去玩了，真是不懂得珍惜。」大蝦叔指責幾句，接著對張金榜說：「金榜，你可得好好教教力強。把你父親傳承下來那一套絕活傳給他，才不會斷了張家從漳州遠渡重洋，來到寶島台灣依舊發光發熱的布袋戲功夫。」

「嗯！」張金榜輕聲應了一下，大蝦叔說的這些，他都知道，但是他心底還有其它想法。

另一邊後台，也有人在問著葉家千金的行蹤。

「枝春，柔柔跑哪裡去了？怎麼沒看到人？」葉秀蘭關心今天的演出，倒是沒有特別注意到這件事，反倒是其他看著葉嬌柔從小長大的姊姊、阿姨們，在吃飯的空檔發現小姐不在，問起平常陪伴在嬌柔身邊的枝春。

「小姐今天說什麼都不讓我跟，而且今天演出也需要人手，所以……我

就沒有多問。」枝春說。

「這樣好嗎？放小姐一個人在外頭跑。」

「咳！」葉秀蘭咳嗽一聲，大夥兒安靜下來，她說：「大家專心在今天的演出上，嬌柔她是個獨立的孩子，大家不用擔心。」

嘴巴上這麼說，其實當媽的心底還是多少會有點擔心女兒。不過，從以往的紀錄來看，葉嬌柔還真沒讓葉秀蘭操過什麼心。她猜想喜歡寫作、畫畫的女兒，大概又不知道跑去哪兒寫生，還是找靈感去了。

「既然班主都這麼說了，大家趕快吃飯，然後趕快回去準備下午的演出。今天還有兩場，我們一定不能輸給隔壁那些臭男生。」副班主，和葉秀蘭情同姊妹的慧萍，她總是能夠激勵大家。

「沒錯！」大家附和慧萍，三口併作兩口，把飯都吃光，隨即回到工作崗位。

下午的演出，即將開始！

第四章

秘密的好朋友

「現在廟口前面應該很熱鬧吧？」葉嬌柔問張力強說。

「一定的，米糕布袋戲強碰鳳凰布袋戲。」張力強笑說，臉上難掩興奮。

「你希望誰贏？」

「我？我不知道……」

張力強表情很苦惱，他當然希望爸爸會贏，可是又覺得這樣想對葉嬌柔好像很抱歉。

「你不會想去看嗎？」

「想看啊！可是我們說好了，今天故意都不要去看。」

「嗯！我不想看大人們爭得你死我活的樣子。」

「我也是。」

孩子並不明白為什麼同樣是布袋戲戲班，卻不能和樂共處。在學校，老師總是希望同學們可以一起努力，成為彼此功課上的夥伴；甚至還說，出社

會要學習的最重要功課，就是團結。

然而，大人本身根本就不團結，老師說的話此刻想來，無疑只會讓孩子們困惑。

當天公廟廟前廣場，兩間戲班戰得你死我活，葉嬌柔和張力強，他們和大多數人的行動方向相反。來到後山，和過去兩年一樣，這裡有屬於他們的秘密基地。

走進後山，從入口步道往山上走約莫半個多鐘頭，有一條被芭樂樹蓋住的小岔路。

一般人不會發現這條岔路，有一次張力強無意間發現，隨後帶著葉嬌柔一同探險。

這條岔路通往一處茂密的白楊木樹林。

白楊木是一種生長速度很快，枝葉茂密的樹種。這一大群白楊木，它們靜悄悄的躲在後山，在這座後山建立起一塊屬於它們的地盤。

平常步道通往的方向，兩旁盡是富有經濟價值的農作物，像是鳳梨園、龍眼園，而在白楊木樹林外圍的芭樂樹，都是些結不出好吃芭樂的劣質樹，連觀賞價值也沒有。

但也因為它們不夠好，這才使得這群白楊木得以安養天年，沒有什麼人發現它們的蹤跡。

從兩年前開始，葉嬌柔和張力強，他們在後山的白楊木樹林，建立起屬於他們的秘密基地。

「蓋一間樹屋吧！」兩個孩子面對白楊樹，許下心願。

孩子的力量不大，但誰也不能小看團結的力量，以及力量的長期累積。就算一天只能達到樹屋進度的百分之一，一百天之後還是能將樹屋搭成。就在白楊樹群中心，那棵最粗大的白楊樹上，只要攀爬上一道繩梯，離地三公尺高的地方，依附幾根粗壯的枝幹，一間雖然不大，卻足以讓兩人容身的樹屋，就在兩人的努力下，從夢想化為現實。

樹屋的屋頂是用茅草和落葉堆起來，底下有葉嬌柔和張力強撿來的樹枝，以及兩人用修繕戲台的薄木板廢料和大人們隨意放置的釘子所釘起來的簡單天花板。

樹屋裡頭有條小毯子，那是葉嬌柔的媽媽本來要丟掉的，可是那件小毯子從小陪伴葉嬌柔長大，她說什麼也捨不得。

葉嬌柔記得那一天，葉秀蘭想把那條舊毯子給丟了。

「這條毯子好舊了，把它丟了，媽媽帶妳去市場買條新的。」

「這怎麼可以？這條小毯子不能丟，雖然有些破洞，但……但還能用啊！」

不管自己怎麼抗議，媽媽還是堅持要換，葉嬌柔拗不過媽媽的堅持，只好偷偷把毯子帶來這裡。

小樹屋裡頭還有幾本漫畫，那是張力強的寶物。

張金榜向來不怎麼管兒子，張力強唸不唸書，他不怎麼在乎，只要兒子

自己的決定，做父親的基本上都支持。唯獨張金榜不准張力強買漫畫，因為他覺得漫畫是一種浪費錢的東西。

張金榜向來見到漫畫，就輕蔑的說：「不過就是在紙上隨便塗鴉，連個色也不上，這麼隨便畫成的東西，卻能拿來賣錢？你說這是不是欺負人，把人當笨蛋。總之，不准看漫畫！」

於是，不能放在家裡的漫畫，張力強全拿來樹屋。

坐在樹屋裡頭，張力強和葉嬌柔，他們一邊聊天，一邊做著自己喜歡的事。

張力強會看漫畫，並且還會拿出紙張，模仿漫畫家的畫風，畫起漫畫。葉嬌柔則是喜歡讀書跟寫作，她有一本舊舊的日記本，但她沒有將日記放在家裡，而是放在樹屋裡頭。

當張力強畫著漫畫，她則是望著樹林，沈澱心情，然後把想法寫在日記本上。

不過，日記本上不見得都是記載心情，裡頭還有葉嬌柔的夢想。

「妳又在寫些什麼呢？」張力強好奇問道。

「沒什麼。」葉嬌柔嘴巴上這麼說，手卻是停不下來，在日記本上奮筆疾書。

「最好沒什麼，最近來樹屋，都見到妳一個人不說話，在那裡寫啊寫的。」

「好啦！我告訴你。」見張力強嘟嘴，不大高興的樣子，葉嬌柔還是把心底的秘密告訴朋友。

「你不可以跟其他人說唷！」

「最好我會跟其他人說啦！除了妳之外，我在班上又沒有什麼好朋友。」

「我在寫劇本。」

「什麼？劇本！嬌柔，妳好厲害唷！」

「還好啦！」

「什麼劇本呢？」

「嗯……布袋戲的劇本。」

「借我看！」

「不行！現在還沒寫好，等我寫好再給你看。」葉嬌柔抱緊日記本，說什麼也不給張力強看。

張力強也沒用力去搶，比出小拇指，對葉嬌柔說：「一言為定，我們打勾勾。」

「好！」葉嬌柔也伸出手指，兩人打勾勾，表示約定。

「妳怎麼會想要寫布袋戲劇本啊？」

「可能因為我媽媽吧！」

「妳媽媽要妳寫嗎？」

葉嬌柔搖頭，嘆氣道：「恰好相反，我媽媽最不喜歡我碰布袋戲，她要

我好好唸書，以後考好大學，出社會找好工作。可是，她不知道我最喜歡的就是布袋戲。可是我沒有機會學怎麼操作布袋戲偶，也沒有機會練習當個口白師，至於樂團，我又是個五音不全的人。」

「所以妳就自己寫起布袋戲的故事？」

「沒錯！」

葉嬌柔點頭說：「當我在寫布袋戲的故事時，腦海中就會出現布袋戲的影像，不同的布袋戲偶在對話、溝通、打來打去，很精彩呢！那種感覺就像我自己在操作戲偶。」

「聽起來真有趣！那妳這個劇本是說什麼呢？」

「說一個大俠。」

聽到「大俠」兩個字，張力強整個人精神都來了，說：「是個怎麼樣的大俠？跟包大人身邊的展昭一樣鐵面無私？還是跟趙雲一樣可以以一擋百？還是像《水滸傳》裡頭的魯智深，是個喜歡喝酒的和尚？快告訴我，究竟是

哪一種？」

「你別急嘛！我說了，等我寫出來再跟你分享。不過……我可以先給你一點提示。這個大俠的靈感算是你給我的。」

「我給妳的？」張力強想了一會兒，跳起來說：「燕子俠！」

葉嬌柔點頭，笑說：「猜對了。」

張力強拿起他剛剛在白紙上畫的塗鴉，葉嬌柔一看，和張力強相視而笑。葉嬌柔寫燕子俠，張力強畫的也是燕子俠。

燕子俠，那是張力強最崇拜的人物，也是米糕布袋戲的秘密武器。

「我阿公真厲害，當年可以寫出燕子俠這樣的人物。」

「我第一次聽你說，然後看了你爸爸他們的演出，真的讓我嚇了一跳，沒想到竟然有這麼精彩有趣的劇本。跟以前經常看到的什麼《三國演義》、《七俠五義》都不一樣，不是以前的民間故事，是一種大家都沒有看過的人物。」

提到燕子俠，張力強頭抬得老高，驕傲起來。

「燕子俠跟其他大俠都不一樣，他行俠仗義，但不會跟其他大俠一樣嘮嘮叨叨，說一大堆勸人向善的話，幫助人有他自己的風格，並且不會以一位大俠自居，也不會好像當了大俠，就一定自己說的話都是對的。」張力強說得開心，因為燕子俠對他來說和其它故事不一樣。燕子俠是祖父，也就是張金榜的父親所寫的原著布袋戲小說，其中的男主角。

燕子俠除暴安良、維護正義，平常是在菜市場賣雨傘的無名小卒，到了需要有人跳出來的時候，他總是第一個當先鋒。他隱藏自己的身份，不跟官府的人打交道；他走自己的路，做自己的決定，不袒護任何人，只問真相黑白，不問權貴。而且燕子俠不會說教，他只是做自己覺得對的。弄到最後，壞人想除掉他，官府的官兵也想捉住他。

「因為不跟任何人有利益衝突，所以燕子俠可以做自己。」

就像在學校，如果跟其他同學一起作弊，看了其他同學的小紙條，以後同學對自己提出要求，也不得不答應。因為自己拿了別人的好處，做了壞事被同學抓到把柄，就只好乖乖的聽別人吩咐。

所以做人唯有坦蕩蕩，才能不受別人控制。

燕子俠，他是張力強的爺爺遺留下來的寶貝，也是張力強最愛的布袋戲英雄。

第五章 燕子俠

回到天公廟，廟前廣場剛結束兩間戲班的第二齣好戲。

米糕戲班演出《七俠五義》中錦毛鼠盜寶，最後受包大人身邊御前侍衛展昭感召，成為正義夥伴的故事。

這個故事，對於喜歡武俠與正義必勝結局的觀眾來說，總會看得相當過癮，滿足對於俠義故事的期待。

鳳凰戲班則是演最膾炙人口的神話故事，《西遊記》中孫悟空大戰鐵扇公主與牛魔王。

喜歡看神話故事，尤其是想看一些特效的民眾，每當孫悟空拿出道具或變出戲法，也都深深的著迷於炫目的視覺效果與充滿幻想的故事內容。

第二場戲，兩邊依舊鬥得難分難解，頂多只能算平手。

兩間戲班子比賽的消息，在場觀眾都清楚，也因為有比賽的性質，整天下來，觀眾人數只有多，沒有少。

廟公和劉老闆也都期盼著能一睹最後的結局，兩個人捨不得走，在特別

安排的位子泡茶聊天。

第三齣戲終於要揭幕，大家引頸期盼，首先是米糕戲班展開演出。口白師傅一報戲名，在場眾人立即鼓掌叫好。

「各位鄉親、各位父老，接下來米糕布袋戲全體上下，將帶來由第一代班主張學酉撰寫的《漳州奇俠：燕子俠》，請各位多多支持，掌聲鼓勵！」

燕子俠幾乎是米糕的代名詞，大家都很喜歡這個故事，戲名一報，有些本來還猶豫著要看哪一邊演出的觀眾，都下了決心，紛紛往米糕戲班的戲台子前移動。

張金榜看到這個場景，內心暗想：「這下應該是贏定了。」

廟公和劉老闆，兩個人看著場面，聊了起來。對於這一場盛事，他們之間也下了賭注。

「廟公，你覺得哪一邊會獲勝呢？」劉老闆摸摸手上的金戒指，對廟公說。

「這個不好說，米糕是一間富有傳統的戲班子，老戲迷很多，我也是其中之一，早在第一代班主當家的時候，我就開始看他們的布袋戲了。所以勉強要說，我想米糕應該還是佔了一點知名度的優勢。」

劉老闆微微笑，說：「我跟你的想法恰恰相反，我這個人當年白手起家，靠的也不是家裡的祖產。雖然米糕布袋戲歷史悠久，但這幾年下來，總是演出那幾部固定的作品。表演比的就是實力，好看就是好看，難看就是難看。我只看實力，不看背景。嗯……我倒是想賭一把在鳳凰布袋戲身上，我想他們沒有過去的包袱，有機會出奇制勝。」

「好一句『出奇制勝』，我跟你賭了。這樣吧！輸的人今天就請對方晚上到縣城的餐廳打牙祭。」

「廟公果然爽快，好！那就一言為定。」

這邊燕子俠都已經開演了，而人物出場時的四念白也已唸完。之所以稱為四念白，是因為布袋戲要角出場時，通常會唸由「四句」五言或七言古詩

組成的閩南語定場詩。

「三更紮上燕子鏢，名利權貴擺兩邊，寡人微力行正義，心繫社稷保太平。」口白師傅一邊念白，燕子俠也從戲台左側一個翻身，凌空落在戲台中央。

這一手可是需要操偶師苦練兩、三年，才能順暢使出的技術。

「好！」、「精彩！」眾人一看，紛紛鼓掌。

廟公對劉老闆說：「看這情況，我想這場飯局，要勞煩劉老闆破費了。」

劉老闆倒是不急不徐，說：「我們慢慢看下去。」

儘管晚了幾分鐘，鳳凰布袋戲這邊也開演了。

「哇！」

鳳凰戲台前的觀眾有人不住尖叫，吸引了不少米糕戲台前觀眾的目光，紛紛轉過頭來。

鳳凰戲台，左右先是噴出白煙，跟著則是出現一位穿著比較接近現代，民國初年打扮的戲偶，並且有身著台灣服裝，以及日本軍服兩方人馬。

鳳凰布袋戲班為了這一天，已經準備超過一年的時間。

葉秀蘭投入這一行比較晚，丈夫本來在台南學布袋戲，後來自己獨立，她才跟著丈夫一起做。

所以鳳凰布袋戲一直沒有自己壓箱寶的獨門劇本。丈夫生前留下了一段故事，只有不到三頁的劇本發想和開頭。

葉秀蘭剛拿到劇本，以為不可行，但隨著自己當上戲班班主後這一年多的時間，她慢慢把劇本填上內容，並且經過多次演練，這才於今天這個一決高下的場合拿出來。

本來，葉秀蘭的心情十分忐忑不安，深怕觀眾不喜歡，可是憑藉對丈夫的信心讓她還是勇敢踏出這一步。

民國初年的武俠故事，自然非廖添丁莫屬。

鳳凰戲班主打的新戲，正是《義賊廖添丁》。現場觀眾沒有見過布袋戲演民國初年的故事，本來就十分好奇。而廖添丁打日本鬼子的劇本，現場觀眾均耳熟能詳，並且也有不少大人確實經歷過日治時代這一段，所以馬上就被廖添丁的劇情吸引過來，大家都想看看廖添丁的故事變成布袋戲會是什麼樣的內容。

儘管燕子俠很精彩，但觀眾總是希望看到一些新的戲碼。憑著廖添丁的魅力，米糕布袋戲戲台前的觀眾，瞬間走了將近半數。

廟公看到這個壓倒性的結果，頓時目瞪口呆。

劉老闆則是拍手叫好，對廟公說：「哈哈！廟公，你這回可輸給我啦！我就說鳳凰布袋戲的班主不是簡單人物，他們怎麼會不知道米糕布袋戲肯定把壓箱寶的燕子俠拿出來。他們今天既然敢答應要比試，肯定有所準備。好一個廖添丁，不但打跑日本鬼子，今天連米糕布袋戲都順便教訓了一下。」

還有一個人同樣被震驚得臉色鐵青，張金榜見觀眾紛紛轉台，他跟著跑

出來看，見到鳳凰搬出的廖添丁戲碼，他驚訝得說不出話。

儘管張金榜不願意輸給葉秀蘭，但他看了一會兒，也不得不佩服葉秀蘭的創意。

大蝦叔跟著過來，他緊張的對張金榜說：「班主，怎麼辦？觀眾走了一大半，這下我們肯定會輸。」

「唉！」

張金榜歎口氣，看著鳳凰戲台前擠得水洩不通，熱鬧的景象，對大蝦叔苦笑說：「有些事情不是我們能控制的，廖添丁確實演得好，我們應該承認自己輸了。」

「金榜，你說這是什麼話？戲還沒演完，怎麼可以認輸？那廖添丁不過就是圖一個新鮮感，哪能跟你父親留下來，經典的燕子俠相提並論？」

「大蝦叔，別說了。」

張金榜的樣子很平和，對於自己輸了這一場比賽，似乎沒有放在心上。

正巧這個時候，張力強和葉嬌柔他們在樹屋待了大半天，從後山回來，經過天公廟，想要看看最後勝負的結果，剛好目睹這場決定性的第三齣戲，米糕布袋戲慘敗，而鳳凰布袋戲大勝的情景。

「廖添丁，好厲害！能把這個故事變成布袋戲。」張力強看了一下，內心覺得這場比賽輸得心服口服。

葉嬌柔倒是有點不好意思，因為媽媽雖然獲勝，但這意味著好朋友的爸爸輸了。

不管誰輸誰贏，似乎都會有自己在乎的人傷心。

張力強對葉嬌柔說：「我得去找爸爸了，我們……我們又得裝作跟對方只是普通同學的樣子。」

「你快去吧！下禮拜一到學校再聊。」

「嗯！」

張力強快步跑向米糕布袋戲後台，一進到後台，就見到大家沮喪的樣

子。

本來很精彩的燕子俠，因為戲班的人知道自己輸了，都提不起平常演布袋戲的勁，本來可以翻三個筋斗的燕子俠，這天卻連一個筋斗都翻得有氣無力。

「你看到了嗎？」

見到張力強，大蝦叔怕張力強見到自己父親慘敗的場面，內心會受到太大的打擊，連忙過來關心。

「我看到了。」

「爸爸呢？他還好嗎？」

「他在後頭。」

張力強有點擔心爸爸，不知道他會有多難過，向來自詡是嘉武村第一的布袋戲班，此後可能淪為老二。

出乎張力強意料之外，張金榜坐在那張專屬他的藤椅上，他雖為戲班班主，卻是一臉平和。

「力強，你來了？」見到兒子，張金榜微笑說。

「爸爸，你……你會不會很難過啊？」

「難過，有什麼好難過，不過就是輸了一場比賽罷了。」

「聽說輸了之後，我們米糕布袋戲要掛著鳳凰布袋戲的牌子演出一場，這是真的嗎？」

「是真的，比賽嘛！總是要有賭注才好玩。」

「爸爸，你不生氣嗎？不難過嗎？燕子俠竟然輸了，阿公的燕子俠竟然得不到大家的掌聲。」張力強越說越激動，都快哭出來。他最喜歡的燕子俠，好像被大家給否定了。

張金榜安慰兒子，柔聲說：「燕子俠沒有輸，阿公也沒有輸，輸的是爸爸。」

「什麼意思？」

就在這一天，張金榜把心底的話第一次對兒子說出來。

「有件事情，爸爸一直瞞著你，今天我想趁著這個機會把心底的話說出來。」

張金榜的表情跟平常不一樣。張力強止住眼淚，他想不到爸爸會說什麼，豎起耳朵傾聽。

第六章

戶外教學

燕子俠，這次演出就在非常不愉快的情況下結束。

鳳凰戲班那頭多的是向葉秀蘭致意，獻上祝福與鼓勵的觀眾；而米糕戲班這頭，只剩三三兩兩的老戲迷以及為數不多的親友團還能堅持立場。但大家都看得出來，米糕戲班這次輸了，讓出嘉武村第一的寶座。張金榜很有風度的過去向葉秀蘭致意，葉秀蘭擺脫鼓譟的人群，迎向張金榜。

「葉班主，你們的廖添丁演得好，這次我們輸了。」

「哪裡哪裡，純屬僥倖。燕子俠還是那個完美的燕子俠，我們這邊只是佔了新戲的便宜。」

大蝦叔語氣酸溜溜的說：「是啊！人家說新蓋的茅房還有三天新鮮，長遠看來究竟誰贏誰輸，還說不準咧！」

聽見大蝦叔的話，鳳凰戲班的娘子軍忍不住破口大罵：「大蝦叔，你講話怎麼可以這樣？雖然你是長輩，也不能隨便侮辱人。」

葉秀蘭要弟子們放下怒氣，她多少能體會大蝦叔的心情。

張金榜也吩咐弟子不要在氣頭上說些傷和氣的話，對葉秀蘭說：「願賭服輸，我會按照約定我們下一場的演出，將會掛上鳳凰布袋戲的招牌。」

「萬萬不可，之前我們打賭只是互相激勵，這麼重要的一件事怎麼可以當真，這樣的賭注就當沒說過。」

「這可不行，今天街坊鄰里都知道我們比試，要是我今天言而無信，以後米糕布袋戲還有誰看得起。我可以輸一時，但不能輸了從我父親那一輩所打下的好名聲。」

「張班主真有擔當，大家說對不對？」葉秀蘭一吆喝，周圍的民眾都覺得她說得有道理，也很欽佩張金榜願賭服輸的運動家精神。

廟公此時過來打圓場，說：「這場比賽很精彩，也讓鄉親們一口氣看了六齣好戲。要是大家看不過癮，下次兩家戲班再演出的時候，還望各位多多來捧場，為我們在地的子弟兵加油打氣。」

劉老闆也說：「今天這筆錢我花得很值得，能讓大家載興而歸，實在太

好了。」他轉頭對葉秀蘭說：「葉班主，恭喜妳贏得今天的比賽。相信未來鳳凰布袋戲肯定案子接不完了，哈哈哈！」

然後又對張金榜豎起大拇指說：「張班主，你也很有風度，讚！」

儘管有眾人鼓勵，米糕布袋戲的工作人員仍難掩失望。這天晚飯，餐桌上誰也吃不下飯。

張金榜見大家懊惱的樣子，放下筷子，對著一桌快要冷掉的飯菜，以及眾人說：「各位米糕戲班的成員們，聽我說。」

大夥兒抬起頭，看著倚賴的班主，都想聽聽張金榜打算如何激勵士氣。「今天大家很賣力，我都看到了。燕子俠是齣好戲，可惜老東西終究敵不過人們喜歡新鮮的潮流。大家千萬不要自責，我以能當米糕布袋戲戲班班主為榮。」

大夥兒聽張金榜勉勵自己，似乎並沒有怪罪大家的意思，本來沈重的心情皆得以釋懷大半。

「其實……」然而，誰也沒想到張金榜接下來會這麼說。

「布袋戲的時代也許已經過去了，就像以前我們都騎三輪車，現在有『歐拖拜』。我曾經想過要把戲班子收掉，讓大家回到社會，去找真正能夠賺錢，符合時代的工作。現在我們輸了，或許……這個時間點正是收了戲班的好時機。」

大蝦叔的筷子跌到地上，他發抖說：「金榜，你在說什麼？」

張力強也很驚訝，他一直以家裡經營布袋戲戲班為榮，從來沒有想過自己最喜歡的布袋戲，爸爸竟然想要把它結束。

「爸爸，你是開玩笑的吧！」

「力強，這就是爸爸今天說過，想要對你講的話。」

「可是、可是爸爸，布袋戲很棒啊！我很喜歡布袋戲，為什麼要放棄呢？」

「力強，你不懂這個社會。以前大家都喜歡看布袋戲，可是現在看的人

越來越少。現在這個社會，只有多讀書才有辦法賺到錢。雖然爸爸從來沒有逼過你讀書，可是你自己必須多努力。一旦戲班子收掉，爸爸就會有更多時間可以好好陪你唸書。」

「騙人！」張力強不能接受這個消息，激動得快哭出來。

戲班子裡頭比張力強大的少年，也都含著淚水，他們怎麼也不敢相信自己以為可以做一輩子的布袋戲，竟然會有再也做不下去的一天。

「真的不能挽回了嗎？」張力強鼓起勇氣問爸爸。他個子比其他孩子小，在學校總是被欺負，但今天他鼓起勇氣，他要捍衛自己喜歡的東西，要捍衛爺爺留下來的米糕布袋戲。

張金榜面對兒子堅毅的眼神，遲疑了一會兒，他其實也有點捨不得，可是正如他所說，他早就想收掉戲班了。雖然自己出身布袋戲世家，可是張金榜並不是那麼喜歡布袋戲。小時候，其他孩子們放學後可以去釣青蛙、打彈珠，他卻必須回家練習操作布袋戲，還要跟著爸爸讀劇本。週末，那是屬於

孩子們玩樂的快樂時光，卻只有他得跟著戲班子四處奔波演出。

張金榜從小就很羨慕其他孩子，可以做自己想做的事。可是爸爸從來沒有問過他想做什麼，他也就這麼糊里糊塗的成了米糕布袋戲戲班的接班人。老早，他就想把戲班解散，拿錢去做生意。

本來，張金榜以為自己的意志很堅定，此時此刻，他卻發現自己對布袋戲有所依戀。面對兒子的提問，張金榜不知道該怎麼回答，他反問說：「力強，你很喜歡布袋戲嗎？」

「對！很喜歡，喜歡得不得了！」

「爸爸當年沒得選擇，只能靠布袋戲維生；你現在有機會選擇，難道你就不想跟那些開大車、住大房子的人一樣好好唸書，以後穿西裝去大公司上班？」

張力強堅定的搖頭，說：「不想，我只想要布袋戲永遠演下去，大家永遠都能看到燕子俠。」

張金榜被兒子感動，他仔細的思考著下一步該怎麼辦。

這時，大蝦叔說：「金榜，我跟在你父親身邊少說十五、二十年，我也是看著你長大的。我知道你對布袋戲興趣不大，可是今天一個戲班不是靠一個人就能撐起來，得靠團員們分工。今天解散，也不是你一個人的問題而已，是整個米糕戲班，這一整個家的問題。」

「大蝦叔，那你說該怎麼辦？」

「我也……我也不清楚。」大蝦叔也沒有主意。

「爸爸，要不我們也來打個賭，怎麼樣？」張力強跳出來說。

「打賭？」

「沒錯，如果我贏了，戲班就不要解散。」

「哈！你要跟我賭什麼？」張金榜覺得兒子的提議實在好玩，也很佩服他對布袋戲的熱情，問說。

「嗯……我暫時還想不到。」

「這樣怎麼行？」

張力強努力搔著他的頭，突然眼睛一亮，說：「爸爸！我想到了！」

大蝦叔、羅氏兄弟和其他團員聽了，也都想知道張力強想到什麼好辦法。

張力強說：「如果我能讓全台灣一半以上的人看到米糕布袋戲的燕子俠，爸爸你就不要解散布袋戲班。」

「這個賭總得有個期限吧！」

「也對。」

「爸爸答應你，在明年阿公的祭日之前，如果你能辦到，爸爸就不會解散戲班。」

「一言為定。」張力強對爸爸伸出小指頭，說。

張金榜遲疑了一下，他好久沒有跟人家打勾勾，好不容易意識到兒子的用意，便和兒子打勾勾，訂了約。

大蝦叔和其他團員卻是面如死灰，他們都覺得張力強的提議太難達到了。台灣這麼大，要讓超過一半的台灣人看到燕子俠的演出，談何容易。就算每天演出，走南闖北，也無法達成這個目標。在他們心中，他們都默默認為，這一年將是米糕布袋戲班的最後一年。

唯獨張力強不這麼想，他從和爸爸約定的那一刻起，就努力的想要找出辦法完成約定。

這個煩惱，就這樣持續了一個多禮拜，直到戶外教學這一天。

戶外教學路上，孩子們揹著背包和水壺，兩兩成對的在老師陪伴下，緩緩在路上走著。這次戶外教學，開心國小五年級的學生要去參觀製作布袋戲偶的工作室。

「力強，你還好吧？」葉嬌柔見張力強沒有什麼精神，擔憂的說。

「沒事沒事。」張力強天天煩惱著該怎麼達成目標，想到晚上也睡不好，眼睛掛著兩個黑眼圈，像是一隻大貓熊。

第七章

布袋戲偶的一生

「你最近好沉默，都不說話，今天我們要參觀布袋戲工廠，你不是最喜歡布袋戲，怎麼還是悶悶不樂的樣子？」

「妳不懂啦！」張力強一臉沒精神的對葉嬌柔說。

葉嬌柔板起臉，不高興的說：「張力強，你如果還當我是你朋友的話，就給我乖乖的把話一五一十說清楚。」

張力強見葉嬌柔強勢的一面，終於把忍了幾天的話說給她聽：「唉！還不是我老爸。」

「張叔叔怎麼了？」

「他……他竟然說要把布袋戲班給收了。」

「什麼！」葉嬌柔失聲大叫。

導師被驚動，過來對葉嬌柔說：「嬌柔，走路的時候可以跟同學聊天，但是不可以大叫嚇唬大家，知道嗎？」

「對不起。」

葉嬌柔向老師道歉，見老師走遠，急忙向張力強問說：「你說要解散是怎麼回事？」

張力強把事情的來龍去脈，以及自己跟爸爸打賭的經過都跟葉嬌柔說得清清楚楚。

葉嬌柔聽完，手枕在額頭，哀聲說：「你這個笨蛋，怎麼會打這種賭呢？要讓台灣一半以上的人看米糕布袋戲燕子俠的演出，這談何容易啊！」

「我隔天睡覺醒來也很後悔，可是已經來不及了。」

「算了，既然都已經約定好，那也只能這樣，我們一起想辦法吧！」

「妳要跟我一起想？」

「當然，我們不是好朋友嗎？」

張力強感動得說不出話，葉嬌柔向他拍胸脯保證說：「兩個小學生，勝過一個諸葛亮，我們一定可以想出好方法的。」

班上有幾位喜歡開玩笑的男同學，見葉嬌柔和張力強兩個人說話說得

忘我，笑嘻嘻的鼓譟起來：「大家快來看，這裡女生愛男生，男生愛女生唷！」

葉嬌柔氣呼呼的跑過去，說：「你們不要亂說！」男同學們四散奔跑，大家都知道葉嬌柔不好惹，可大家還是忍不住想開他們的玩笑。

張力強總是靜靜的，不跟同學們爭吵，每次都是葉嬌柔跳出來保護他。但其實葉嬌柔知道，張力強看起來柔弱，內心卻比一般孩子更加有自己的想法，這一次能夠和爸爸據理力爭，也是因為他有超乎其他孩子的勇氣。

到了製作布袋戲偶的工作室。

一走進工作室，由縣長親自提筆，寫著「傀儡之光」四個大字的匾額掛在入口大廳牆上。這裡還不算工作室內部，只是用來接待客人的地方。

一位留著白鬍鬚，身子硬朗的老先生，在一位全身流汗，孔武有力的年輕人攙扶下走出來迎接孩子們。

老師對孩子們說：「同學們，這位是工作室的主人許常德老先生，大家快說許老先生好。」

「許老先生好！」孩子們異口同聲說。

許常德笑容十分和藹，說：「大家都很乖，歡迎大家來，我這會兒就帶你們參觀工作室。」

他介紹身旁年輕人給大家認識，說：「這位是我的徒弟，大家叫他旺財哥哥，旺財哥哥會跟各位解釋，大家可要聽好囉！」

「好！」孩子們對布袋戲偶都很有興趣，這一聲回應的比之前更大聲。

真正的工作室在大廳後頭，是一間佔地近百坪的大倉庫。倉庫裡頭擺著製作布袋戲偶的原木、顏料與布料，以及一些布袋戲偶的成品與半成品。

孩子們看得認真，有的孩子還想伸手觸摸這些戲偶。

「各位小朋友，不可以隨便摸喔！」旺財對孩子們說，老師也趕緊過來制止那些好奇心旺盛的孩子們。

旺財看起來很壯，說話的聲音倒是十分柔和，他對孩子們說：「等一下會給大家觸摸和操縱戲偶，但現在你們看到的都不能隨便亂摸。因為這些戲偶來自台灣各地戲班委託，是要交給客戶的產品。」

孩子們安靜下來，旺財帶著孩子們，從原木那一區開始介紹。許常德在一旁觀看大家聆聽旺財說明的情況，顯然對弟子很有信心。

旺財指著原木，說：「一般來說，布袋戲偶的材料都是用木頭做的，在場有沒有小朋友知道，大哥哥手上這尊戲偶用的是什麼木頭呢？」

「松樹的木頭！」

「不對！再猜猜看。」

「我知道，龍眼樹的木頭。」

「呵！還是不對。」

「我知道、我知道……」

孩子們一連猜了幾個，都沒有猜中。

老師指著葉嬌柔，說：「嬌柔，老師想妳應該知道。」

葉嬌柔和張力強本來正在討論該怎麼贏得張力強和父親的打賭，聽見老師叫她，趕緊問旁邊的人老師的問題，然後回答說：「樟木。」

「答對了！」

旺財笑說，跟著道：「這尊確實是樟木做的，但除了樟木，還有銀杏木和香梓木，另外還有梧桐木。」

介紹完原料，旺財又接著介紹到布袋戲偶的結構。

「布袋戲偶基本結構跟人的骨骼很像，得先有身架，然後有了身架還要穿上服飾，最後再加上頭飾，譬如：帽子、髮簪等等。」

「會有布袋戲偶沒穿衣服的嗎？」有孩子舉手問道。

旺財開玩笑說：「不穿衣服就失禮了，而且萬一戲偶著涼怎麼辦？」說完笑話，旺財又說：「身架包括了頭、布身、手、布腿、鞋子。」

慢慢從半成品看過來，旺財一一解釋：「小朋友，聽好囉！戲偶基本上

（註一）皆為木製，流程為雕刻粗胚、磨光、糊棉紙、打土底、粉底、開眉、打花面、裝髮鬚。」

「哇！所以製作戲偶，還要懂得畫畫呢！」

「是的，如果不懂得畫畫，就沒有辦法好好為戲偶『塗門頭』。」

「大哥哥，什麼是塗門頭？」

「塗門頭就像國劇，國劇裡頭的人物按照其角色不同需要上不同的妝，戲偶也是一樣。按照戲偶以生、旦、淨、末、丑的角色特徵加以上不同的彩飾，以及頭飾等等。」

「真有趣。」孩子們彼此點頭說，對於戲偶分得這麼精細，都感到不可思議。

旺財跟著又說明了不少製作戲偶的過程，然後拿出一尊成品，一面操作給孩子們看，一面說明操作的原理：「布袋戲偶身材比例跟我們正常人的比例差不多，約七至九頭身。頭內有特殊裝置，靠拉動繩子就能控制眼睛眨眼

或閉眼。還能用中指扳動控制嘴唇的機關。」

戲偶在旺財手中，頓時成為有生命的物體，能夠跟孩子們打招呼，只差沒有自己說話。

從頭到腳，旺財慢慢解釋下來：「戲偶的身體裡頭有機關，手內置鐵絲，並可輕易扭成特定的手型。戲偶的腳，膝、踝兩個關節是可動的，但也有功能少一點，不可動的。有分鞋子可以穿脫的，以及基本上沒有足部功能的。」

「我懂了，就跟洋娃娃一樣。」女同學倒是馬上找到可以類比的地方，瞭解旺財解釋的意思。

「你們好聰明。」

女孩子們對洋娃娃可是都有自己的經驗談，她們知道西洋一些很貴的洋娃娃可以換衣服什麼的，便宜的布娃娃則什麼也不能變動。

「戲偶穿的衣服也可以換，戲偶的衣服所使用的布料和一般人穿著的布

料基本相似。」

旺財讓孩子們都伸手過來摸一摸戲偶的布料，孩子們每個人摸一下，差點把戲偶的衣服給扯下來。

「最後就是重點了！」

旺財翻開，對裡頭的機關說：「操控布袋戲，讓戲偶活靈活現的裝置，我們行話叫做『天地同』。右手控制偶頭和戲偶右手，左手持一棒控制戲偶左手。」（註一）

旺財介紹完戲偶，將戲偶傳給孩子們，孩子們熱情的研究起來，比平常讀書的時候認真少說百倍。

許常德本來一直默默看著孩子們，此時趁著孩子們玩著戲偶，走向一直在角落，沒有把注意力放在旺財身上的張力強和葉嬌柔。

許常德對他們說：「你們是張金榜的公子，和葉秀蘭的千金，是吧？」

「老先生，你怎麼知道？」

「哈哈！你們還不會說話，牙牙學語的時候，我就抱過你們了。你們一個有父親的神采，一個有母親的威儀，我怎麼會認不出來。話說，你們兩家戲班的布袋戲偶可都出自我這老頭的手呢！」

「老先生，不好意思，我們剛剛沒有專心在聽大哥哥講解。」

「沒關係，他講的你們老早就知道了。倒是你們剛剛在聊些什麼，瞧你們渾然忘我的。」許常德年紀雖大，眼睛倒是很利，他見兩個孩子憂心忡忡的樣子，關心問道。

張力強見許常德很和藹的樣子，問說：「老先生，您認識我阿公嗎？」

「當然認識！張學西是我見過最厲害的操偶師，而且他還有不錯的文采，燕子俠是我見過的布袋戲中，數一數二好看的戲碼。」

「那您知道前些日子，燕子俠輸給廖添丁的事嗎？」

「我有聽說。」

說到這裡，許常德才驚覺，這兩家人本當處於競爭關係，可兩家的孩子

卻是好朋友。他深深感到不可思議，卻又覺得也唯有孩子純淨的心，才能夠不像大人那般因為名利而劃清界線。孩子能夠不管那些世俗的標準，用最真誠的一面認識彼此。

「難得啊！沒想到嘉武村兩個戲班的未來接班人，竟然是好朋友。」

「未來？唉！只怕沒有未來了。」張力強感慨的說。

「什麼意思？」許常德問說。

註一：關於布袋戲偶的結構與操作，參考出處為網路資訊。

第八章

鬧彆扭的母女

張力強不小心說溜嘴，他本就不大會說謊，被許常德追問，只好把父親想要解散米糕戲班，以及和父親打賭的經過說了。許常德聽完，仰頭哈哈大笑，說：「你真是個有勇氣的孩子，台灣的布袋戲文化後繼有人啦！」

「跟我來。」許常德叫張力強和葉嬌柔跟在後頭，走到工作室外，工作室外是一片綠油油，種滿玫瑰的草地。

「這些玫瑰都是你種的嗎？」葉嬌柔看到玫瑰，聞到玫瑰的香氣，問許常德說。

「應該說是我照顧的，但是是力強的媽媽種的。」

「我媽媽？」

「你媽媽生前經常因為戲偶的事情，和你爸爸來拜訪我，有一次她送了我一盆玫瑰，幫我種在院子裡。說也奇怪，這些玫瑰的生命力很強，竟然就這樣在我的院子裡繁衍後代，四處開花。每次你媽媽來，都會順便整理這個花園，後來你媽媽走了，玫瑰卻留下了。」

「媽媽她是個什麼樣的人呢？」

「你媽媽是個很溫柔的人，你爸爸能娶到她，真是三生有幸。」

踏過穿越花園中間的小徑，有間小木屋，就在花園的另一頭。

「這裡是？」張力強問。

「你們看到的是平常使用的工作室，我這個老頭子平常住在這間木屋裡，我自己的作品不在那邊的工作室處理，那邊現在都交給我徒弟他們使用。」小木屋裡頭，所有的擺設乾乾淨淨，沒有什麼裝飾品，芬芳的木頭香，給予人身心放鬆的能量。

許常德打開一個櫃子，從裡頭拿出一尊巴掌大的戲偶，交給張力強。這個戲偶構造簡單，製作的手法有些粗糙，看起來像是外行人做的。

「請問，這個戲偶有什麼特別的意義嗎？」張力強將戲偶翻過來，見到戲偶衣服上有隻畫上去的燕子，墨水因為時間的關係，淡化不少，但輪廓尚能辨認。

「這是！」

「你認出來了吧？」許常德解釋說：「這個戲偶，就是燕子俠的雛型。」

「這是您雕的嗎？」

「呵！我要是功力這麼差，就沒有人敢找我做戲偶了。這是你阿公做的，也是他的遺物。今天我就把這個保留多年的遺物送給你，也算是替你阿公將這個米糕布袋戲班的象徵送給真正需要它的人。」

「這個戲偶……我不懂它能帶給我什麼幫助。我現在需要的是一個好方法，可是我什麼都想不到。」

「沒錯，你需要靈感，可是靈感需要有東西來激發。你可以思考一下該怎麼做，透過這個戲偶。」

「為什麼要透過這個戲偶呢？」

「當年你阿公在台灣賣藝，進行得很不順利，所以他想轉行，從操作布

袋戲變成製作布袋戲戲偶的師傅。可是，我得說你阿公實在是個雙手不靈巧的傢伙。」

「怎麼會？如果阿公的手真的不靈巧，米糕布袋戲團怎麼會三十年了還在為大家演出呢？」

許常德笑而不答，對張力強和葉嬌柔問說：「你們看看自己，你們覺得自己是個完美的人嗎？體育很厲害，頭腦也很好？無論做什麼事情都很成功？」張力強和葉嬌柔兩個人搖搖頭，說：「不，我們並不完美。」

「那你們看看對方，你們覺得對方完美嗎？自己跟對方相比，什麼都比不上嗎？」

張力強說：「嬌柔頭腦很好，考試總是班上前三名；我老是吊車尾。而且我個頭不高，體育課都是跑最後，平常被同學欺負，也都是嬌柔跳出來幫我。我想嬌柔比我好太多了，而我太多缺點了。」

葉嬌柔聽張力強把自己說得很糟糕，趕緊說：「不不不！我的缺點才

多。力強其實頭腦比我好，只是他花比較多時間在家裡的戲班，不像我每天回家都被趕著進房間讀書。我們在後山搭樹屋，力強可以設計出藍圖，還有計畫表，真的很厲害。而且能夠為了爭取自己喜愛的布袋戲，和爸爸抗爭，更是有超過一般人的勇氣。」

葉嬌柔和張力強，兩個人謙虛來，謙虛去，都覺得對方比自己好。

許常德打斷他們，說：「世界上沒有完美的人，每個人都有優點，也有缺點，你們兩個也是。沒有人什麼都厲害，可是彼此之間只要能夠通力合作，就能把優點結合起來，彌補缺點。」

張力強舉一反三，說：「就像《三國演義》裡面，諸葛亮頭腦很好，可是打仗還是需要張飛、關羽這些武將上戰場、殺敵人，對嗎？」

「是的，所以今天面對這個和父親的賭注，你們兩個孩子應當一起集思廣益，相信一定能想出一個好辦法。當年你阿公手不靈活，我很老實的告訴他這不是他能幹的活，如果喜歡布袋戲，還有很多方法可以嘗試。於是你阿

公開始努力鑽研劇本，寫出了一演就是十幾二十個年頭的『燕子俠』。」

看著那個醜醜的燕子俠原始戲偶，張力強這才瞭解到，儘管阿公當年不是一個厲害的操偶師，但能夠寫出一齣好劇本，同樣對布袋戲有貢獻。

葉嬌柔還在思索著許常德所說的話，許常德突然對她說：「妳聽過妳爸爸的故事嗎？」

「媽媽有的時候會說。」

「那妳媽媽有說過，妳爸爸為什麼會開布袋戲班嗎？」

「有！媽媽說爸爸從小就喜歡布袋戲，立志要走這條路。」

「那妳知道妳爸爸在開布袋戲班之前，是做什麼的嗎？」

葉嬌柔搖頭，這個問題她早就想知道，但一直沒聽媽媽說。

許常德對葉嬌柔說：「當年我有一個徒弟，他非常聰明，別人要花一年才能學會的技術，他只要三個月就能學會。我一直想把一身好工夫傳給他，可是這個徒弟告訴我，他想要開一個屬於自己的戲班。雖然覺得很可惜，可是我尊重他的想法，但我也告訴他開一間戲班容易，經營一間戲班困難。這個徒弟很認真，在我這邊努力工作，學習各種相關知識，他本來不識字，到後來卻靠著毅力把劇本都背起來，很了不起。靠著一雙巧手，製作戲偶或操作戲偶都很順利，最後他成為了頂尖的操偶師。然而，靈活的雙手寫不了好劇本，他的創造力不夠。」

許常德打開抽屜，拿出一枝鋼筆，以及一小瓶墨水，交給葉嬌柔，說：「這是妳父親當年在我這邊學藝的時候，為了學認字買的紙筆。他沒有什麼機會用，但我想今天他的女兒肯定會好好善用這兩樣寶貝，一補他當年的遺憾。」

「天啊！原來鳳凰和米糕布袋戲班當年有這麼一段淵源，力強的阿公和我的爸爸都曾經在這邊學藝，當您的徒弟。」

「哈哈哈！所以我今天看到你們，深深覺得緣份果然很神奇。我的兩個好徒兒，他們當年沒有機會結交；多年後，他們的後人卻自然而然的湊在一

起。緣份，都是緣份啊！」張力強終於明白許常德所要傳達的，說：「我懂了，所以我要做的是看我擅長什麼，從我擅長的地方找出好方法，而不是什麼方法都想，亂想一通。」

葉嬌柔補充說：「然後我也可以發揮我比較強的地方，幫忙力強一起想，兩個人通力合作，找出一個更加圓滿的方法。」許常德見兩個孩子悟性很高，十分欣慰，又問說：「你們兩個都喜歡布袋戲，那麼你們覺得自己擅長關於布袋戲的什麼工作呢？」

「我喜歡畫畫，也許我可以用來設計不同戲偶的造型和服裝。」張力強說。

「嗯！不錯。」

「我喜歡想故事，或許我可以跟力強的阿公一樣寫出大家都喜歡的布袋戲劇本。」

「很好，這也不錯。」

戶外教學，大多數同學瞭解了布袋戲偶的製作過程，以及簡單的操作方式。對葉嬌柔和張力強而言，卻是瞭解了一段不為人知的家族歷史，以及未來的人生目標。回程的路上，葉嬌柔和張力強堅定的認為，只要繼續努力，有一天一定能夠創造出更美好的布袋戲戲碼，並且也要通力合作，度過這次的困難。一場家庭革命，於焉上演。

葉秀蘭忙了一天，回家就見到寶貝女兒坐在客廳等著自己，她以為女兒是在等吃晚餐，說：「柔柔，還要大概一個鐘頭，等姊姊們收拾完才能做飯，妳餓了就先去村長家隔壁買山東大饅頭。」

「媽媽，我有件事想跟妳說。」

「什麼事？」

「我想要參加布袋戲班，想要成為布袋戲班的一份子，想要跟媽媽一樣當一位受人尊敬的布袋戲班班主。」

葉秀蘭臉色大變，叫說：「絕對不行！」

第九章

戲班就像一家人

葉秀蘭一拍桌子，對女兒說：「妳造反啦！饅頭妳也別買了，在飯做好之前，給我回房間做功課去。」

可謂是「有其母必有其女」，葉嬌柔脾氣跟媽媽一樣硬，雙手叉在胸口，說：「為什麼？布袋戲有什麼不好？為什麼我不能跟媽媽一樣呢？」

「柔柔，我跟妳說過了。這年頭要唸書才有前途，布袋戲這一行飯不容易吃。媽媽希望妳以後可以過好的生活。唉……妳懂媽媽的苦心嗎？」

葉嬌柔緊握媽媽的手，說：「我懂，但我是真心喜歡布袋戲。」

「學布袋戲很辛苦的，妳不知道當年妳爸爸他為了學布袋戲，吃了多少苦。」

「我不怕苦，我只是想跟妳，還有其他姊姊、阿姨一樣，把鳳凰布袋戲班發揚光大。媽，我從小看妳和爸爸表演布袋戲，我最愛的就是布袋戲了。」

「這是何苦呢？妳有很好的頭腦，以後有機會讀大學，找一個可以不用

像我們現在這樣，經常需要四處奔波，要日曬雨淋的工作，可以好好在辦公室裡頭當個悠哉的上班族。我真不明白妳為什麼這麼固執！」

「媽媽也很固執啊！」

葉嬌柔的話讓葉秀蘭楞了一下，那句「媽媽也很固執」，深深打進葉秀蘭的心坎。

她沒有辦法再說些什麼了，因為她意識到眼前這寶貝女兒終究是自己和丈夫生下來的親骨肉，那脾氣就是跟自己和丈夫一樣。

「媽媽希望妳想清楚，好嗎？」

儘管表面上，葉秀蘭似乎還是不同意女兒走這條路，但葉嬌柔聽得出，媽媽的態度有稍微軟化一些。

「算了，這時候要妳寫作業，還不要了妳的命。要不妳去和姊姊們收拾戲台子，或是到後頭廚房幫忙弄晚餐。」

「謝謝媽媽。」

葉嬌柔雙臂環抱媽媽的脖子，在葉秀蘭臉頰上輕輕一吻。

孩子的吻，總是能夠軟化父母的心。這下子，葉秀蘭想生氣也生氣不起來，只能對自己養出一個和自己如此相像的女兒，一方面感到無可奈何，另一方面卻又無比欣慰。

鳳凰布袋戲班的一天，不像是一個工作團隊，倒像一個大家庭。

每天早上，葉秀蘭總是第一個醒來，來到平常練習的後院，從戲班成立之初就一直使用的三合院，這裡住著戲班上上下下的工作人員。

徒弟們醒來後，趕緊把練習用的戲台架好，並且由不同的人輪流進廚房做早飯。

早飯開始之前，大家得先做段早操，聽完葉秀蘭就一天工作的提點與訓示後，再一同用餐。

整個戲班，大家彼此稱呼都以姊姊、妹妹相稱，比較年長的就叫阿姨、姑姑，唯獨葉秀蘭，大家稱呼她師父。此外，有人叫她秀蘭阿姨，她也欣然

接受。

並不是每個孩子都是自願加入戲班，學習布袋戲。

在這個物資缺乏、民智未開的年代，女性往往是比較不受重視的。一戶人家奢望的就是生個兒子，可偏偏家裡上上下下可能有五六位以上的兒女。養不起的，就只好把女兒送給外人照料，當學徒或給人幫傭。

兒子則是在重男輕女的社會底下，被當成家裡未來主要的勞動力而得以留在原生家庭。

鳳凰戲班裡頭的成員，不少都是年紀輕輕，大約國小五、六年級左右的年紀就被她們的父母送來。

說得好聽是當學徒，學一技之長，難聽就是家裡養不起，因此必須減少一個吃飯的人，其他人才能多吃一口飯。

所有剛來到戲班子的年輕少女們，往往天天以淚洗面，她們不知道未來該往何處去。

葉秀蘭是個十分有愛心的人，把來到這裡的女孩子都當成自己的女兒般照料，所以她這個師父的角色，某個角度而言就像一位母親。因此，戲班上下的人都很敬重這位台灣少見的女戲班班主。

不過，也不是葉秀蘭刻意要將戲班經營成由女子組成的團體。

在丈夫病逝後，鳳凰戲班群龍無首，戲班裡原有的男生，他們都不覺得靠著女人當家，戲班能夠經營的下去，於是紛紛離開。

那是一段黑暗時期，葉秀蘭咬緊牙根，撐了過去，然後才有今天鳳凰戲班的面貌。

葉嬌柔走到院子裡，見到姊姊們都在收拾東西，蹦蹦跳跳過去，問說：「姊姊，有沒有什麼我能幫忙的呢？」

大家怎麼敢叫師父的女兒幫忙，都對葉嬌柔報以微笑，然後繼續做著手上的活兒。

葉嬌柔看大家分明不想讓她動手，只好到廚房去。

廚房裡頭，從小就是跟班、保鑣兼伴讀書僮的枝春姊剛好輪到和另外一位姊妹料理今天的晚餐。葉嬌柔見到是枝春，心想：「總算有一個會聽我話的人。」

「枝春姊，有沒有什麼我能幫忙的呢？」

枝春見到葉嬌柔，總會聯想起自己最敬愛的師父，她怎麼敢讓師父的女兒做這些粗活兒，和其他人一樣，笑笑對葉嬌柔說：「小姐，不用啦！這些事情我們處理就好。」

「讓我幫一點忙，妳們是會少一塊肉嗎？」

「小姐，不是不讓妳幫忙。而是我們來戲班學藝，身為弟子，掃地、做飯、洗衣等等，這些事情都是我們該做的。」

廚房裡頭另外一位姊妹也說：「枝春說的對，我們都做得心甘情願。妳還是快點去看書、寫作業，別讓師父煩惱就好。」

葉嬌柔顯得有點失望，她想幫忙，可是大家好像都不需要她。

輩份僅次於師父的慧萍阿姨，她看著葉嬌柔長大，知道葉嬌柔喜歡布袋戲，不喜歡讀書。方才葉嬌柔和母親爭論關於未來的選擇，她聽見了，也很理解葉嬌柔的意思。

慧萍來到廚房，見葉嬌柔又被拒絕，她指著地上一簍蘿蔔，對她說：「嬌柔，如果妳真的想幫忙，先把地上那簍蘿蔔拿去井邊洗乾淨。晚上我們要煮蘿蔔湯，沒有蘿蔔，大家就沒湯喝了。」

葉嬌柔怕慧萍阿姨改變心意，馬上抱起那簍蘿蔔，就往井邊跑。

枝春見葉嬌柔一溜煙跑得不見蹤影，向慧萍問說：「慧萍姊，讓嬌柔去洗菜，這樣好嗎？」

「如果你們以後有什麼事情忙不過來，是要堅持自己做，讓師父責備，還是要讓嬌柔幫忙，好達到師父的要求呢？哪一種比較好？妳們自己想一想。要知道，嬌柔是師父的女兒，她有師父的堅毅，吃得了苦。更何況，一家人本來就應該互相扶持，不是嗎？好意老是被拒絕，對於一個孩子來說，

那多叫人難過啊！」

布袋戲班不只是戲班，來到戲班裡頭的成員，大家都像是一家人。正是因為有這個情份，大家才能不言苦的共同奮鬥下去。

這晚，葉嬌柔飯吃得好香，尤其蘿蔔湯她喝了好幾碗，因為今晚的蘿蔔湯，她有盡到自己的一份力。

在嘉武村的另一邊，米糕布袋戲班也一樣。雖然這裡的成員以男性居多，但大家都把戲班當成一個家。只是這個家最近比較不平靜，大家都籠罩在張金榜宣佈戲班一年後即將解散的陰影中。

可是，只要還待在戲班一天，只要大家還聚在一起，就沒有理由不互相照應。家人，不是等到有需要才互相幫忙，而是平時就會很自然的互相關心。

戶外教學結束後，張力強整個人變得更有自信，做爸爸的當然觀察到。

這天晚餐時，他對兒子說：「最近學校發生了什麼事？怎麼你最近好像看起

來怪怪的。」

「怪怪的，有嗎？」張力強自己沒有發現。

自從許常德老先生點醒了他，互助的重要以及發揮自己特質，這兩件事情後，本來因為想不出主意而苦惱得睡不著覺所造成的黑眼圈逐漸褪去。他和葉嬌柔兩個人立志要聯手渡過難關，頓時他內心湧起面對未來挑戰的信心。

信心使人燃起更多的勇氣，張力強睡得好了，吃得也恢復平常食量。

張金榜實在不明白，怎麼兒子去了一趟戶外教學，回來好像就變了一個人似的。

他內心默默的幫兒子加油，期待兒子能夠超越自己，能夠想出挽救戲班的好點子。

其他團員也指望師父的兒子能夠更上層樓，讓大家可以繼續像是一家人一樣的生活在一起，一起舞動布袋戲偶。

「少爺，吃根雞腿。」大蝦叔把晚餐唯二的兩隻雞腿，其中一隻挾到張力強碗裡。

「謝謝大蝦叔。」

「少爺，多吃點菜，吃菜對身體好。」羅偉誌挾了一筷子高麗菜給張力強，說。

「謝謝偉誌哥。」

「還有我的！」

羅華漢也不管張力強的碗裡已經被青菜和肉堆成一座小山，硬是把一大顆滷蛋挾給他。

「謝謝華漢哥。」

其他人見了，也都起而效尤。

張金榜看大家紛紛把菜挾給兒子，可見大家都很期待張力強能夠扭轉戲班的未來。他笑說：「好了好了！你們再這樣挾下去，力強就要被你們養成一隻小肥豬了。」

「哈！那有什麼關係，只要大家開心，有什麼不可以。」大蝦叔笑說。

「說得好，不管未來如何，只要大家開心最重要。」

「沒錯，大家開心！」

米糕布袋戲班也好，鳳凰布袋戲班也罷，無論哪一個戲班，都充滿共患難的溫情。

第十章 電視

一輛機動三輪車，「噗噗……」的排氣管聲有如老師指導學生路隊的信號，幾位孩子追在三輪車後頭，想看看這輛從縣城前來的陌生三輪車，究竟要到哪裡去。

三輪車在嘉武村的街道上繞了一圈，司機似乎找不到地址，見到兩位在屋簷底下拿著扇子乘涼的老伯，上前詢問。

「不好意思，請問蕭明德先生的住址，嘉武村新興街……在哪裡？」

老伯很熱心的對司機說：「這是村長家的地址，你往前面走，見到大榕樹後右轉，就會看到了。」

另外一位老伯注意到三輪車後頭裝載的大紙箱，問司機說：「後頭裝著這一大箱是什麼東西？」

司機笑說：「電視機啦！」

「電視機！」兩位老伯和跟在三輪車後面跑的孩子們聽到，都大吃一驚。

村長家買了一台電視，這消息很快傳遍全村。

電視機吸引全村人的目光，這可是嘉武村第一台電視，沒有見過電視的村民都跑來村長家，想要看看電視究竟是個什麼玩意兒。

從縣城電器行來的司機，他和村長的兒子一起把電視從三輪車搬下來，村長則是在旁邊指揮。

「對對對，放這裡。等一下，過來一點，嗯……朝向我這邊……好！」

電視機放在村長家的客廳，正對著沙發。

電視機本身就像是一張茶几，底下有四根腳架，電視有個小拉門，上頭蓋著布簾。司機交給村長一隻大同寶寶玩偶，可以用來攢零錢。

「這大同寶寶真可愛。」村長把玩著大同寶寶，笑說。

「請多支持大同公司，支持國貨。」司機擦擦汗，說。

「當然，我們一定奉行蔣總統的訓勉。嘉武村以我村長為首，大家說國語，有禮貌，愛用國貨，不用日本鬼子的東西。」

電視機放好，司機拉了天線，然後對村長說：「第一次開機，村長您親自動手吧！」

村長轉動按鈕，電視發出「吱吱」的電波聲，螢幕上一開始還沒有畫面，司機解釋：「得讓電視暖暖機，才會有畫面。」

幾乎與畫面同時，聲音也傳了出來，剛好是國是論壇的節目，主持人和兩位德高望重的學者正在談論目前台灣與美國之間的外交局勢。村長本來就是個喜愛政治的人，立即眼睛一亮，說：「以後在家可以每天聽專家學者談談我們國家的未來，真不錯！」

調整好天線，確定沒有問題，司機請村長簽了產品保證書。村長很興奮，用力的和司機握握手，還不忘送他一包嘉武村土產的醃漬酸梅。司機推辭了一下子，不好意思的收下，然後驅車離開。

大人們很興奮，孩子們也是各個都想擠進村長家，體驗一下電視所帶來的新時代氛圍。明明對政治一知半解，拜電視的吸引力，孩子們竟然也能乖

乖的坐在地上，眼睛直楞楞地盯著電視機，好像他們也很關心國家大事似的。

放學回家的時候，張力強和葉嬌柔，他們經過村長家，見到村長家人山人海的，問人才知道村長家買了一台電視機。

張力強和葉嬌柔對電視也很好奇，但是村長家已經擠了太多人，他們沒辦法進去看，只能從窗外聽電視的聲音。

「好稀奇喔！機器會說話。」張力強傾聽電視的聲音，對葉嬌柔說。

「是啊！以前跟媽媽去縣城的時候有在電器行看過，裡頭還會有人動來動去，就像電視機裡頭有個小人國，住著會唱歌、跳舞、說話的小人。」

「怎麼有種戲台上布袋戲偶的感覺？」

「有點像，只是電視機裡頭的是真人，不是木偶。」

「電視機……裡頭的是真人，不是木偶……」張力強聽了葉嬌柔的說明，腦中突然浮現一個念頭，但這個念頭偏偏像是罩了一層霧，想不清楚。

所謂輸人不輸陣，村長家有了電視，不遠處的鐵工廠劉老闆仗著自己是這一帶最有錢的家庭，怎麼可以不弄台電視，彰顯自己家的氣派。

村長買了電視不到一個禮拜，劉老闆也弄了一台電視，而且他不放在家裡，硬是要放在工廠的會客室，讓來訪的客人都能看到他也出得起買電視的錢。

電視剛到村裡這幾天，村長家和劉老闆家的訪客絡繹不絕。想來看電視的人很多，有人攜家帶眷，一同來觀賞電視節目。

電視中午開播，播到晚餐時間還有人，最多人喜歡的節目是新聞，以前大家對於外地不熟悉的事情，透過新聞什麼都看得見了。資訊來得很快，以前住在嘉武村的村民們，對於村子外頭的事情並不熟悉，頂多靠著報紙，或是大家口耳相傳，現在有了電視新聞，不但可以聽到文字，還能看到畫面。

遙遠的台北，大都市的生活，令人嚮往的美國，一切都透過電視歷歷在目。村長這幾天也不外出辦公，待在家裡盡主人的職責，招待來訪的村民。

村民來得越多，村長就覺得越有面子。

劉老闆不知道是故意，還是無意，他也大開方便之門，招待附近的居民到工廠看電視。他主動提供茶水，甚至還有魷魚絲，會客室頓時成了一間小型電影院。

「劉老闆，不好意思，來打擾了。」

「哎唷！二叔你說這是什麼話，我劉老闆向來大方，弄台電視回饋鄉里，這就是我劉老闆的本色。」

村長聽聞劉老闆在家裡準備茶水、點心，他也與之呼應，跑到菜市場豬肉攤，找豬肉攤老闆老王。

「老王，你兒子在嗎？」

「我兒子出門去了。」

「我聽說你兒子騎著腳踏車在外頭賣香腸和米腸，叫他不要到處跑了，我家那裡一堆子人，叫他騎車到我家外面賣。」

「你家外面？村長，你家外面哪來的人？」

老王的太太本來在洗豬皮，聽見老公的話，趕忙說：「你是賣豬肉賣到連村裡頭的消息都不清楚啦？村長家買了一台電視機，這幾天一缸子人跑村長家看電視，我聽說每天都有上百人呢！要不是我命苦要跟著你每天在這裡賣豬肉，我也跑去看。」

村長找來老王兒子的香腸攤，吸引更多人來造訪。靠著電視機，村長的名聲這陣子更好了。

然而，雖然有人因為電視而弄得家裡熱熱鬧鬧，卻也不是每個人都有時間看電視。米糕和鳳凰布袋戲戲班的成員們，他們的生活沒有改變，依舊每天忙著練習，為下一次的演出做好準備。

很快的，張力強和父親打賭的日子已經過去一個月，張力強還是想不出什麼好方法，只能任由日子一天天的過。這個月之間，米糕布袋戲接了幾場演出，感覺好像沒有什麼改變，可是團員們都清楚，每過一天，米糕布袋戲

面臨解散的日子就近了一天。

「該怎麼樣才能讓很多人同時看到布袋戲呢？」

張力強在空白的數學作業簿寫滿各種稀奇古怪的想法，可是他覺得沒有一個想法真的有幫助。

張金榜見兒子悶悶不樂，安慰他說：「力強，爸爸知道你喜歡布袋戲，可是時代在轉變，你得學著接受。」

「爸爸，不用你操心，我一定會想到辦法的。」

「好，爸爸期待著。」

等到兒子晚上睡覺，張金榜默默從床上爬起來，拿出兒子的數學作業簿，他翻閱著兒子在作業簿寫上的各種點子。像是把布袋戲偶弄到跟雲一樣高，這樣就能讓很多地方的人同時看到布袋戲，但旁邊有張力強自己的註解「可是跟雲一樣高，大家就看不清楚演的是什麼了」。

另外還有一個方法，就是把布袋戲偶弄得很大，像大樹一樣。但張力強

的註解也說明了這個想法不可行，因為「跟樹一樣大的布袋戲，操偶師根本不能操縱」。

還有就是一邊開車，一邊載著戲台子跑遍台灣南北。張金榜覺得這個方法不錯，也佩服兒子的創意，但張力強自己也意識到這個方法有困難，寫道「汽車那麼貴，一般人根本買不起，更何況，我又不會開車。該怎麼辦呢？」

張金榜讀完兒子作業簿上的新方法，看著兒子酣睡的可愛臉龐，想起自己小時候的情形。熱愛布袋戲的爸爸，總是把他和媽媽丟在家裡，在外頭四處奔波、演出。有時候媽媽一個人做事情很辛苦，自己卻也因為太小幫不上忙。偶爾跟著父親四處演出，吃的不好，住的地方更差。

「為了養家活口的布袋戲，家人的幸福卻似乎被犧牲了。」每每想到這一點，張金榜本來因為兒子的堅持，微微動搖的決心，又堅定起來。

第十一章

孩子們的新話題

電視機不是村長和劉老闆的專利。

嘉武村流行起電視機，陸續有家庭拿出積蓄，想要感受新時代的氣氛，花錢買了電視。一時間，嘉武村多了好幾台電視。電視多了，大人們不用搶位子，孩子們也有看電視的空間。

緊跟著電視流行，電視節目也成為人們茶餘飯後聊天的話題，而孩子們自然也受到影響，尤其電視上的卡通節目，成為國小孩子們討論的焦點。

這天下課，開心國小五年乙班的同學，大家七嘴八舌的討論著最近電視上當紅的卡通「無敵鐵金剛」。

大家你一言，我一句的，都是關於無敵鐵金剛的話題。

「你有看昨天的無敵鐵金剛嗎？飛機跟金剛結合實在太帥氣了。」

「有有有，我有看！昨天是無敵鐵金剛跟機械恐龍對決。」

「昨天是無敵鐵金剛跟機械恐龍對決嗎？我怎麼記得是跟戰爭犀牛？」

「你記錯了啦！戰爭犀牛是前天。」

「昨天無敵鐵金剛差點打輸了，好險最後靠著博士的新武器，才打敗機械恐龍。」

「新武器？」昨天沒跟到電視節目的孩子，興沖沖的問。

家裡有電視的孩子，這下可神氣了。家裡開養豬場的阿亮，他擺出無敵鐵金剛慣用的戰鬥手勢，雙手比了一個V，然後畫出一個S，接著左手握拳，放在腰間，右手伸到背後，做出要拿出一把劍的姿勢。

阿亮喊道：「天空神劍！」邊喊，阿亮作勢拿出寶劍的樣子。

其他孩子已經等不及了，趕緊問：「然後呢？新武器是什麼？」

阿亮故意慢慢說，吊大家的胃口，一面說，一面配合動作：「本來機械恐龍用破壞光束差點打敗無敵鐵金剛，這時候無敵鐵金剛拿出天空寶劍，勉強抵擋機械恐龍的攻擊。我那時候超緊張的，幸好博士緊急從研究所射出雷射，雷射透過太空衛星反射，射到無敵鐵金剛的寶劍上，寶劍頓時升級，變成天空雷射神劍。無敵鐵金剛手一揮，就把機械恐龍砍成兩半。」

演到最後，大家聽到無敵鐵金剛又獲得一次勝利，紛紛鼓掌叫好。

有在看電視的孩子們逐漸形成一個小圈子，和沒有電視看的孩子形成對比。張力強和幾位沒有電視看的同學，他們其實心底也很想看電視，只能眼巴巴的聽著同學轉述電視節目，他們聽到口水都快流出來，真想跟其他人一樣，享受電視的聲光效果。

本來跟葉嬌柔很好的女孩子們，則是討論起其它的卡通節目，充滿日本少女漫畫風格的「小甜甜」。

「小甜甜昨天好可憐喔！她的狗狗小哈利走丟了。」

「對啊！我好怕小哈利會找不回來，幸好最後還是找到了。」

「是啊！而且把狗找回來的還是最帥氣的陶斯。」

「妳們說小甜甜最後會跟陶斯哥哥在一起嗎？」

「不知道耶！我只知道小甜甜的繼母好壞，竟然跟小甜甜說哈利如果找不回來就算了。」

「我同意，真是氣死人，怎麼會有這麼壞的女人。」

突然一位女同學聯想起某人，掩嘴笑說：「你們覺不覺得小甜甜的繼母長得很像汪老師？」

「教國文的汪老師？哈！還真有點像。」

「噓！小聲一點，被汪老師聽到，又要被叫到走廊上罰站了。」

上課鐘響，孩子們還是意猶未盡，想要繼續討論，卻無奈的只能回到各自座位上。

導師走進來，臉上頗為不悅，把一疊考卷放在講桌上，對孩子們說：「各位同學，老師有事情要宣佈。昨天小考的成績，班上同學普遍考得不理想，雖然電視很好看，但是成績更重要。萬般皆下品，唯有讀書高，你們現在不好好唸書，以後後悔不要怪老師沒有跟你們說。」

導師一一將小考考卷發下去，發到葉嬌柔的時候，導師和緩說：「嬌柔，妳還是考得很好，這次又考了一百分，繼續保持，不要受到同學影

響。」

「我會加油，謝謝老師。」

走到張力強身邊，導師對張力強有些不客氣的說：「力強，你的成績還是不理想，你也不要看太多電視了，把時間拿來好好讀書。」

「老師，我家沒有電視……也沒有時間看電視。」

「沒時間看電視，但你的時間肯定不是拿來讀書。看看這張滿江紅的考卷，有機會我要找你爸爸好好談談。」

「啥！不要啦！」張力強跟老師求饒，但老師沒再多說什麼，準備繼續發考卷給下一位同學。

張力強當然希望被老師稱讚，可眼下最重要的事情就是贏得和爸爸的賭注，他的整副心思都花在這上頭，這輩子他還沒有這麼認真的思考一個問題。透過這個機會，他瞭解到自己知道的真的太少了。

張力強的抽屜掉出一本書，是台大教授寫的《一百個科學方法》，老師

把書撿起來，有點驚訝的對他說：「你在看這本書？」

張力強以為老師要責備自己，有點害怕，但還是微微點頭。因為自己想不到方法，只好透過學校圖書館借書來閱讀，想從書本中找到方向。

沒想到老師非但沒有指責張力強，甚至還鼓勵他：「老師不知道你喜歡科學？平常在家你也會看這類的書嗎？」

「最近才開始的。」

「看了覺得有什麼感想？」

「很多東西本來以為很複雜，實際上卻發現很簡單。」

「譬如說？」

「譬如說書裡面寫為什麼日出總是從東方，日落總是從西方，原來是因為地球是圓的，並且繞著太陽自轉的結果。」

「嗯嗯！許多事情都是這樣，不要想得太複雜，簡簡單單的往往是最好的選擇。」

「老師可以舉例嗎？」

「喔！你這是在問老師嗎？」

老師幾乎沒見到張力強上課發問，聽到他主動發問，感到挺新奇的。張力強被老師一問，又有點不好意思，他很少跟老師接觸，抓不到該怎麼跟老師溝通的模式。

老師當然沒有責怪張力強的意思，倒是趁機對全班同學宣導，拉高聲音說：「就像有些同學花了各種方法作弊，花了一個晚上的時間把課文抄在橡皮擦上，或是寫在尺上，其實要考好很簡單，把準備作弊的時間拿來認認真真的唸書，考試自然會考好。」

老師將書還給力強，對他說：「讀書是件好事，但課內書還是要準備，希望你繼續保持閱讀的好習慣。」

張力強第一次被老師稱讚，開心的心底好像有蝴蝶在飛舞。他發現原來讀書的樂趣不只是找解答，還能夠得到大人的稱讚。葉嬌柔本來擔心好友又

要被老師責罵，最後見到老師也鼓勵張力強，很為他高興。

學校孩子們的某些家庭買了電視，不少孩子們從電視上看到卡通，學校孩子們的話題開始從布袋戲、書籍轉為電視，呈現出電視對孩子造成的影響。這讓學校老師們對於孩子的學習感到憂心，可是電視的熱潮擋也擋不住。

這股熱潮，連不看電視的人也被迫感受到。

嘉武村東邊的大田村有人娶媳婦，特別請米糕布袋戲團去演出。張金榜帶著團員，一早就到大田村準備，時間一到便準時開演。這天準備的戲碼是膾炙人口，許多孩子們喜歡的《武松打虎》，以及《豬八戒娶親》，可是整場演下來，觀眾卻沒有過去來得多。

張金榜覺得很納悶，一時之間還不能理解這個現象。

另一方面，鳳凰布袋戲則是到嘉武村西邊的豐收村，應土地公廟邀請，演出一天的酬神戲。那邊的情況也差不多，觀眾比過去少了，尤其孩子更是都不知道跑哪兒去，讓演出的團員有些氣餒。

葉秀蘭敏感的察覺到事情在轉變，演出之後，她特別到豐收村街頭巷尾轉了一圈。葉秀蘭發現，不少村民都聚集在有電視的人家，電視週末的時候，打早上便開播，他們看著週末的特別節目，似乎電視比布袋戲更加吸引人。

張金榜和葉秀蘭都不以為然，他們覺得電視說什麼也比不上布袋戲好看，可是隨著一場又一場的演出，面對一場比一場少的觀眾，他們的想法卻屢屢遭受現實環境的打擊。

第十二章

校慶園遊會、上

「布袋戲不再吸引人了嗎？」這個念頭開始在張金榜腦中環繞。羅偉誌和羅華漢見班主悶悶不樂的樣子，都很憂心。

「哥，你說班主怎麼會變得那麼憂鬱，他是在演瓊瑤的戲嗎？」

「華弟，你不要亂猜，班主肯定是在煩惱最近的演出情況。唉！不知道怎麼搞的，最近看戲的人很少，間接的連戲班子的生意也受到影響。」

「應該是電視的關係吧！」

「我想也是！最近都沒聽到有人談論布袋戲，以往都還會聽到孩子討論我們演出的燕子俠、西遊記、三國演義什麼的，最近卻都變成無敵鐵金剛和小甜甜。」

「聽說無敵鐵金剛很好看，我去雜貨店有看到無敵鐵金剛的尪仔標，差點就手癢給它買下去了。」羅偉誌在羅華漢肩頭輕輕搥了一下，說：「笨蛋，說話小聲一點。現在班主應該因為電視搶了布袋戲的生意在不爽，你還那麼大聲，是想討罵嗎？」

「對不起、對不起，我沒有這個意思。」說來說去，羅偉誌和羅華漢他們也想看看電視究竟有多麼吸引人。他們兩個人坐在三合院大門，望著外頭，只見兩位一大一小的女性身影突然出現，他們剛開始遠遠還辨認不出來，等到女子走近，才認出女子身份，原來是葉秀蘭帶著女兒前來拜訪。

「這……這不是鳳凰布袋戲的班、班、班主！」羅華漢從來沒想過和米糕布袋戲長年競爭，彼此幾乎不往來的對方頭號人物，竟然會登門拜訪，講話因太驚訝而不住口吃。

葉秀蘭對羅氏兄弟說：「我是葉秀蘭，有事情想找你們張班主商量一下，煩請幫我通報。」羅華漢還在震驚中，羅偉誌則是趕快進到院子裡，通報葉秀蘭來訪的消息。

大蝦叔陪著張金榜，兩個人接葉秀蘭進正廳坐。其他團員送上茶和點心，不敢怠慢。

張金榜對葉秀蘭其實沒有惡感，只是兩個人同行相嫉，沒有什麼溝通的

機會。

「敢問葉班主登門拜訪，有何要事？」張金榜一派輕鬆的說。

葉秀蘭見張金榜的態度從容、平和，本來預期可能會很難溝通等負面的預設，都拋到腦後，說：「大家算是同行，同行之間有些事情還是比外面的人理解的多，所以想來和張班主聊一聊。」

「哈哈！我同意，所謂外行的人看熱鬧，我們內行看門道，想必大家應該多少有共通的心得能互相分享。葉班主要不要先說看看，我也好知道該提供哪些心得和建議。」

「那我就開門見山說了。」葉秀蘭外表雖是女人，內心可比許多大男人不知道堅毅多少倍。一個人經營戲班子，靠自己的力量把孩子拉拔大，很多大男人還比不上她活得努力。

葉秀蘭的氣勢感染到大家，張金榜也正色起來，說：「請！」

「相信張班主也觀察到了，時代在進步，也在轉變。新的潮流也吹到我們這個鄉下地方，這一個多月可能受電視的影響吧！看布袋戲的觀眾少了，生意也清淡了。本來我們鳳凰布袋戲的戲約一排可以排到半年後，現在的量則是只有三個月，而且生意比去年同期少三成。」

大蝦叔還不清楚葉秀蘭此行目的，覺得對葉秀蘭說的話應該要有所保留，但張金榜為人直率，更何況他很佩服葉秀蘭親自登門的勇氣，豪不保留的說：「我們情況也差不多，可見電視對於我們布袋戲的生意還是有影響。」

「是啊！看布袋戲總得出來曬太陽，看電視只要在家蹺著二郎腿，躺在沙發上就全看了，而且電視卡通各種聲光效果，對孩子們有很大的吸引力。這個情況要是持續下去，後果不堪設想。」

「是啊！但我們該怎麼應對呢？布袋戲有布袋戲的特點，但也有布袋戲的限制。」

葉嬌柔聽著媽媽和張金榜的對話，瞥見張力強躲在門簾後，靜靜聽著大

人們在說些什麼。她向張力強使眼色，表示「欸！你有什麼好主意嗎？」

張力強見葉嬌柔向自己使眼色，突然有了一個好主意，他默默走出來，坐在爸爸身邊，輕輕拉了爸爸的衣角。張金榜不知道兒子要做什麼，對張力強說：「乖！爸爸在和阿姨談事情，你有什麼事情晚點再說。」

「我想我有個好主意。」張力強一面說，一面偷眼瞧著葉嬌柔，葉嬌柔嘴巴唸出「加油」的嘴形，張力強在好友鼓勵下，硬是將自己的想法講出來。

「喔！說來聽聽。」葉秀蘭對張力強想到的點子頗為好奇，問道。

「我們學校下週有校慶園遊會，大家都還沒想到該做些什麼表演。園遊會的時候大家都會來，而且會帶著家長們來，人很多，或許是個表演布袋戲的好機會。」

「我懂了，透過園遊會的場合，讓更多人見到布袋戲。」葉嬌柔說，她百分之百贊成好友的點子。

「嗯！我就是這個意思。」張力強說完緊張得咬著下唇。

張金榜也覺得這法子不錯，說：「有道理，至少園遊會當天會有很多人來，他們總不可能揹著電視參加，屆時我們表演得好，又能找回過去布袋戲帶給他們的感動。」

語畢，張金榜也問了一下葉秀蘭的意見，說：「葉班主，妳認為呢？」

「我認為什麼方法都值得試一試。」

「那就這樣定了，我明天就去學校問問他們的意思。」

「我跟校長的交情也還不錯，搬出我的名號，相信他們不會反對。」

見天色漸漸變晚，張金榜好心說：「葉班主，要不要留下來吃頓晚餐再走？」

「不了，我那裡還有一家子團員等著我呢！」

「說的也是，謝謝妳今天跑這一趟，希望我們能夠合作順利。」

「我也希望如此。」

送走葉秀蘭，隔天一早張金榜就帶著大蝦叔，兩個人來到開心國小拜見校長。開心國小校長聽張金榜想要在園遊會的時候表演布袋戲，儘管內心高興，因為有布袋戲肯定會讓場面熱鬧不少，卻也有點不明白的問張金榜說：「張班主，你們怎麼會想要來國小演出布袋戲？我們學校小，可是付不出演出費的。」

「演出費不打緊，就讓現場民眾自由打賞。我和鳳凰布袋戲的葉班主昨天討論過了，要藉這個機會讓更多人瞭解布袋戲有多好看，只要校長給我們這個機會，我們定會和過去一樣賣力演出，讓大人小孩都看得開心。」

「那我就先謝謝囉！」校長喜孜孜的說，他已經可以想像園遊會當天熱鬧的情景。拜會完校長，大蝦叔對張金榜說：「班主，我們這樣真的好嗎？跟鳳凰布袋戲合作，會不會讓他們搶了我們的觀眾。」

「大蝦叔，現在觀眾都快要被電視拉走了，如果不同戲班的人還不團結起來，又有誰能幫助我們呢！」

第十三章
校慶園遊會、下

張力強與葉嬌柔合作，將布袋戲帶進校慶活動，他們想要舉辦一場別開生面的布袋戲主題園遊會。

學校老師們，在早會接到校長的指示，今年的校慶園遊會將以「布袋戲」為主題。

老師們都覺得這個主題很有趣，也很有台灣味，比過去每年一成不變的道德條目，例如：「友愛」、「尊師重道」等等好得多。

為了園遊會，全校師生都動起來。

張力強和葉嬌柔，他們出生在布袋戲家族，當然要提供想法和點子給其他人參考。於是他們一起規劃，把想法都寫在筆記本，然後再畫上學校的建築物位置地圖，做為不同攤位的參考。

兩位小學生，頓時成了兩位小小活動規劃師。

以學校為一個遊樂場，葉嬌柔和張力強希望透過園遊會，讓更多人能夠認識布袋戲，進而喜歡布袋戲。

園遊會時學校被分成三大區域，由六個年級的孩子各自扮演不同的角色。

校門口掛上紅布條，就像是一個戲班或戲台的招牌，寫著「開心國小布袋戲團」，宛如將所有來賓帶進一個布袋戲的現場。來參加園遊會的大人小孩，看到布條上的字，馬上會瞭解這一次園遊會的主題。

一年級的孩子們年紀小，所以做的事情最不需要體力，他們每個人手上都拿著一只簡易的布袋戲布偶，在學校裡頭跑來跑去。見到不認識的孩子，就跟他說：「小朋友，你要跟我一起玩嗎？」

經過學生的帶領，其他孩子來到一年級的攤位，那裡有好多簡易的布袋戲布偶，以及一個「布袋戲相撲擂台」。一年級學生和其他孩子藉由布袋戲擂台玩相撲，獲勝的人可以用半價購買布袋戲偶。

「快來參加相撲喔！贏過全開心國小最厲害的相撲力士『白豬』的人，送開心國小福利社最好吃的草莓夾心麵包喔！」

二年級的學生則是和一年級合作，他們在紅土上用繩子圍了一圈，標示為「相撲擂台」，覺得布袋戲相撲不過癮的人，還可以跟二年級學生來場貨真價實的相撲。

二年級有一位肥嘟嘟，比其他同年紀孩子體型大上一倍的同學，這一天沒有任何一位孩子贏過他，都成了他的手下敗將。

三年級和四年級，他們則是接力演出布袋戲話劇，包括《桃園三結義》、《三英戰呂布》、《赤壁之戰》、《華容道》、《空城計》等等三國戲碼，以及《如來佛收孫悟空》、《女兒國》、《唐僧與蜘蛛精》等等西遊記故事。

透過利用不要的紙箱厚紙板，用水彩彩繪，就成了布袋戲戲服。簡易的手法用不了多少金錢，卻能透過小孩子的演出達到吸引人的效果。

三、四年級各班的孩子都卯足全力排演，雖然經常出現忘詞的場景，唐僧還跟蜘蛛精打起來，整個就是脫序演出，但也因此增加了更多趣味性。

「唐僧，你這個負心漢。」蜘蛛精跳到唐僧的身上，說。

唐僧被撞倒，扮演唐僧的同學突然火氣上來了，竟然回推蜘蛛精，說：

「妳應該要打孫悟空才對，怎麼會打我呢？」

唐僧揮拳，蜘蛛精嚇得逃跑，尖叫：「孫悟空，救命啊！」

底下觀眾見到這一幕，都笑得東倒西歪。

高年級則是採取比較知性的活動，將教室佈置起來，如同之前去校外教學的模式，把教室變成介紹布袋戲的臨時博物館。戲偶由鳳凰與米糕兩戲班，以及之前參觀工作室的許常德老先生提供，孩子們引領來訪的家長們，瞭解整個布袋戲偶的製作歷史，以及一些劇本的橋段，當然也包括如何操作布袋戲。

「各位，布袋戲偶可是經過一連串師父的巧手製作，才呈現出各位平常看布袋戲的樣子……」

張力強平常看起來不怎麼起眼，但從小操作布袋戲長大，布袋戲偶到他

手上像是有了生命。戲偶翻了一個筋斗，又一個迴旋，自由自在的舞動起來，大家看了都很讚嘆他年紀輕輕的，卻懂得如何操作布袋戲。

至於學校最顯眼的司令台，則是設好鳳凰與米糕兩大戲班的戲台。兩個戲班的人都拿出看家本領，想要將最好的一面呈現出來。

張力強的點子果然奏效，一個多月來冷冷清清的場子，園遊會當天卻是熱鬧非凡。孩子們暫時遠離電視的誘惑，這才有機會體驗布袋戲的好。

大人們也從對電視的新鮮感中再次被喚醒，他們看著布袋戲，想著自己從小看布袋戲長大，那和盯著電視機螢幕的小框框完全不同。

口白師傳唸的台詞，比起電視機傳出來冰冷的聲音更加溫暖。

「還是布袋戲好看。」一位爸爸說。

「是啊！我還記得小時候看布袋戲，每次都看到阿公出來找我，我才回家。」另外一位爸爸聽見了，也說。

有對老夫妻，他們則是看著布袋戲的場子，想起他們的回憶。

「以前我們約會，好像看了不少布袋戲。」

「誰叫妳喜歡，我只好配合囉！」

「老伴兒，難道你不喜歡？」

「我當然喜歡布袋戲，也喜歡有妳這可愛的老太婆陪伴在我身邊。」

老夫妻，其中丈夫握緊太太的手，對他們來說布袋戲不只是玩偶，而是年輕時候的回憶。

「太好了。」見到大家都因為布袋戲而歡笑，張力強露出滿足的笑容，葉嬌柔在一旁陪著他，說：「多虧你的點子，今年的園遊會才會這麼有趣。」

「我其實也沒有做什麼，只是想要完成跟爸爸的約定，讓更多人可以看到布袋戲。」

「可惜園遊會雖然人很多，但終究只有村裡和附近幾個村的人能夠看到，距離你打賭的半個台灣的人都能看見，還有好大的距離。」

「我知道，可是至少比之前進步，讓更多人看見啦！」張力強見到自己的想法，化為現實，雖然自己是孩子，但也有扭轉局勢的力量。這一瞬間，他覺得自己和大人之間好像沒有年齡之間的隔閡了。

更讓張力強開心的是，他深深感受到爸爸的轉變。爸爸似乎不再堅持要停下戲班子，一切好像有了轉機。

第十四章
也是布袋戲

校慶園遊會順利結束了，透過園遊會的介紹，成功喚起嘉武村村民對於布袋戲的回憶。

漸漸地，村民對電視的喜愛與依賴也逐漸消退。

種田的人還是得下田耕作才有飯吃，人們都把注意力漸漸轉移回到各自的工作。

透過老師的關切，家長們一個接著一個發現如果不以身作則，孩子們會受到電視的影響，變成忽略學習的電視兒童，對他們的未來有不良影響。

電視有電視的好，布袋戲有布袋戲的妙。

不過，生意雖然有恢復一點，但總體來說還是比不上過去。

也因此，葉秀蘭更加不能接受女兒想要學習布袋戲的心情，因為她內心對布袋戲未來發展感到憂心。

「萬一哪天戲班子經營不下去，如果嬌柔那時候好好唸書，讀好大學，找到好工作，也就不用為戲班擔心了。」葉秀蘭這麼想著。

葉嬌柔沒有辦法違背母親的意思，但當個只會讀書的孩子也不是自己本意。

「到底怎麼樣才能把我的喜好和布袋戲結合在一起？並且不讓媽媽向我說『不』？」葉嬌柔煩心著。

國語課，老師發下五百字的作文紙，題目是「如何做一個好孩子」。看著題目，葉嬌柔內心矛盾。

她想：「做一個好孩子應該要懂得孝順，孝順應該就是不要違抗父母的善意，可是如果父母的善意和自己的心意相衝突，那該怎麼辦？」

本來就在煩惱，作文題目讓葉嬌柔更煩惱。

兩節課過去，她很罕見的沒有在作文紙上將作文寫完，僅僅寫上題目、自己的姓名、座號以及隨便瞎掰，卻怎麼也掰不完的三行字。

下課時間，國語老師和導師將葉嬌柔叫到辦公室來。

葉嬌柔是公認的好學生，也是熱心助人的好孩子。

國語老師拿著接近空白的作文紙，和葉嬌柔的級任導師商量。他們兩人一致認為肯定有什麼事情困擾著她，才會讓她做出交白卷的決定。

走進辦公室，葉嬌柔很有禮貌的跟老師行禮。當她看到兩位老師，已經猜到他們找自己所為何事。

國語老師不好意思搶了級任導師的角色，輕推葉嬌柔的導師，示意要她問問葉嬌柔原因。

導師輕輕咳嗽一聲，稍微緩和場面，對葉嬌柔說：「嬌柔，妳身體不舒服嗎？怎麼作文才寫了一點點？」

「老師，不是的。」

葉嬌柔沒有想要說謊或是推託的意思，老實的說。

導師聽了，不禁皺起眉頭，說：「不是？妳的意思是身體沒有不舒服，那麼為什麼不好好寫作文呢？」

「因為……我有煩惱。」

兩位老師聽了都有點傻眼，他們想：「這年紀的小女孩能有什麼煩惱？是跟同學吵架，還是喜歡的玩具媽媽不買給自己？」

導師問說：「妳說看看，老師們會認真聽。如果合理，那妳就不會受到處罰；如果不合理，老師們還是要請妳認認真真的再寫一次作文，可能還會有處罰。但在這之前，妳必須把情況詳細的告訴我們。如果有需要老師幫忙的地方，老師絕對會幫妳。」

葉嬌柔早就期待能有人向自己伸出援手，感激的望著老師，把一直沒有辦法整理好的心情對老師傾吐。

「老師，我媽媽是鳳凰布袋戲戲班的班主，這妳是知道的。我媽媽是一位女強人，總是辛勤的工作，我很愛我媽媽，也希望未來可以跟我媽媽一樣堅強、優秀。可是……我媽媽似乎不希望我跟她一樣。」

「那妳媽媽希望妳怎麼樣呢？」

「我媽媽希望我不要走布袋戲這條路。她老是說這條路太辛苦，要我好好讀書，以後唸大學，出來找好工作，一輩子輕輕鬆鬆的，不要跟她一樣得經常在外頭奔波。」

「妳的想法呢？」

這個問題，才是老師最關心的。

「我的想法很簡單，我覺得布袋戲很好，我喜歡布袋戲。問題是媽媽不讓我學布袋戲，她自己不教我，也不讓戲班的其他人教我。」

導師聽到這裡，倒是陷入沉默。

她覺得葉秀蘭的看法沒有錯，布袋戲不是穩定的工作，社會地位也不高，想要改變生活，最好的方法還是靠讀書、考試，以及好學校的學歷。

國語老師是位年紀六十多歲，本來居住在上海的老先生，出生於書香門第，聽說過去他家族中還有祖先當過滿清時代的舉人。

導師受限於一般世俗標準的看法，反倒這位來自上海的老先生，他的思

想更加開放。

國語老師對葉嬌柔說：「妳喜歡吃的食物是什麼呢？」

「荔枝。」

「如果今天有一把荔枝在妳桌上，妳會吃嗎？」

「當然會。」

「如果有人不准妳吃這把荔枝，該怎麼辦？」

「先聽聽那個人不讓我吃的理由。也許這把荔枝放太久了，或者是別人的，所以我不能隨便取用。」

「那麼假使不讓妳吃的理由，妳覺得不能接受，妳會堅持把荔枝給吃掉嗎？」

「會。如果沒有合理的理由，當然我就可以吃。」

「很好！那妳覺得媽媽對妳說的話合理嗎？」

葉嬌柔咬著手指頭，思考幾分鐘後說：「有些地方不合理。」

「譬如什麼地方？」

「假使布袋戲真的這麼不好，那媽媽自己應該就要換工作。可是我又經常見到她做得很開心，所以布袋戲應該不是真的不好，因為布袋戲會讓人開心。我從小被媽媽養大，可見布袋戲還能養家。」

「好！」

國語老師覺得葉嬌柔思路清晰，非常讚賞，說：「既然如此，妳就好好堅持自己的喜好。」

「可是……媽媽她不可能改變心意的。」葉嬌柔的頭緩緩往下沉，就跟她的心一樣。

國語老師拿出過去葉嬌柔寫過的作文，對她說：「嬌柔，妳的作文寫得很好，班上跟妳差不多的，大概只有張力強等不到五個人。喜歡布袋戲，不一定要當布袋戲師傅，還有其它愛布袋戲的方法。我有個弟弟，小時候很喜歡動物，但是我爸媽不准他在家裡養動物，所以他雖然喜歡，卻沒有辦法得到滿足。我弟弟從小就很用功，後來到美國留學，研究動物，現在他每天都可以跟動物在一起，跟牠們接觸。所以讀書和滿足自己的喜好之間，並沒有衝突。」

「我該怎麼做？」葉嬌柔聽到老師舉的例子，眼前彷彿出現一條明路，問道。

「既然妳的作文寫得好，何不寫看看布袋戲的故事。嘿！台灣有越來越多人看電視、看電影，有機會當個編劇也不錯。」

導師有點聽不下去，她不敢相信竟然會有人勸孩子不好好讀書，去當什麼編劇。

但礙於自己是晚輩，只好委婉的說：「湯老師，我們當老師的不應該隨便限制孩子，還是讓孩子自己解決問題吧！」

國語老師當然聽得出導師言外之意，他可不打算改變自己的說詞，繼續對葉嬌柔說：「想要當一個好編劇，就得讀很多故事書，找到寫劇本的靈感，期盼妳有一天寫出膾炙人口的好劇本。但在此之外，妳也必須盡到學生的本分。」

國語老師將那張沒有寫完的作文紙還給葉嬌柔，要她把課堂上沒寫完的作文補上。

葉嬌柔透過老師的建議，她覺得自己如果以布袋戲編劇當目標，似乎真的可以滿足喜好，又能避開母親的責罵。

回到教室，葉嬌柔把這個想法和張力強分享，張力強也覺得國語老師的建議很棒。

「國語老師太酷了，我還以為他只是個講話鄉音很重的老頭子，沒想到想法這麼開明。」

「我也嚇了一跳，但多虧老師的建議，我現在知道該怎麼做了。對了，你不是也有在寫布袋戲的故事？」

「妳說燕子俠嗎？是寫了一點，但每次都寫到一半就寫不下去。」

「為什麼？」

「有些東西好難想，好像要等到變成大人才會懂。我真的很想寫出跟《七俠五義》一樣的劇本，一個比阿公寫得更好的故事。」

「要不……」

葉嬌柔轉了轉眼珠子，說：「我們一起寫，怎麼樣？」

「一起寫？好啊！妳知道的總是比我多，有妳在就不怕沒靈感了。」

「可是我不像你腦袋一堆鬼點子，而且經常寫故事。」

「我亂塗鴉的時間比較多啦！哈哈！」

「從今天開始，我們就一起創作囉！一起寫一個比以前吸引人的燕子俠。」

葉嬌柔和張力強，他們以寫出有趣的布袋戲劇本為目標，組成一個兩人編劇團隊。

至於該怎麼樣贏得與老爸之間的打賭，張力強還是沒有任何好點子。

時間飛快，約定要解散米糕布袋戲團的天公伯生日，一天天逼近。

而且每過一陣子，戲班的生意就變差一些，彷彿布袋戲班的末日，就要來到。

第十五章

天公伯生日

一輛烤上紅漆的雙門跑車停在嘉武村東邊的田間小道，旁邊站著一位戴著雷朋墨鏡，穿著皮外套，年約三十歲左右的男子。他的打扮一看就是台北來的，透露都會生活的時髦，唯獨一頭像是從來沒整理過的亂髮，展現出男子的焦慮。

跑車的引擎蓋冒出白煙，男子用手輕輕觸摸引擎蓋，差點被燙傷，氣得他大罵：「早不拋錨，晚不拋錨，給我挑這個時候，在這個狗不拉屎，鳥不生蛋的地方拋錨。我……我真是倒楣！」

男子朝跑車左前輪輪圈用力一踢，結果用力過猛，反而踢傷腳趾頭，他痛得唉唉大叫，在地上打滾。

「哎唷喂呀……我的媽，痛死我了。」

男子在地上滾了幾圈，才不甘願的坐起來，起身時才發現有兩個小朋友瞪大雙眼盯著他看。

「看什麼看？」男子有點不高興的說。

兩個小朋友正是葉嬌柔和張力強，他們看男子凶巴巴的，本來好心想要幫忙的心幾乎煙消雲散，葉嬌柔更是當場就想要走，還是張力強不忍心，拉住葉嬌柔。

張力強對男子說：「先生，我們是看到你好像需要幫忙，所以才過來看看，沒有其它意思。」

男子火氣消了點，他知道自己理虧，誤會了孩子的一片真誠，不大好意思的對兩人說：「不好意思，大哥哥剛剛太衝動了，跟你們道歉。」

葉嬌柔笑說：「應該是叔叔吧！」

「大哥哥。」男子一個字一個字的發音清楚，看來他對年紀很堅持。

「這樣吧！我請你們吃冰，這邊哪裡有賣冰棒的地方？」

「大哥哥，那你冒煙的車怎麼辦？」

「那個沒關係，等一下找地方打通電話叫修車廠來修就好了。」

「你的車好酷喔！這是美國車嗎？」對那個年代的孩子來說，好的東西、稀奇的東西要不是美國的，就是日本的。張力強想都沒想，脫口而出。

「小鬼，這是德國車，世界上最好的車是德國人造的，懂了嗎？」

「那應該很貴吧？這附近我只看過鐵工廠老闆家的貨車。」

「哼！這種車我要是想要，可以買好幾輛。」男子得意的說。

「叔……不！我是說大哥哥，你真有錢。」葉嬌柔說。

張力強和葉嬌柔，帶著男子走進嘉武村。村內比較熱鬧的地區，雜貨店裡頭，老闆娘翠玉阿姨見到兩人帶著一位一看就不是村裡頭成員的男子，熱情招呼之餘，不忘向兩個孩子打探：「這個人是誰啊？」

「我也不知道，剛剛在村外頭見到他在一輛冒煙的車旁邊。」

「原來是這樣。」

翠玉阿姨和男子裝熟，問他說：「看你這打扮，是從外地來的吧？」

「嗯！」男子拿了一瓶彈珠汽水，連同葉嬌柔和張力強手上的冰棒錢一塊兒付了。

「打哪兒來？台北？」

「您真會猜。」

「唷！不過你哪裡不去，怎麼會跑到我們這個鄉下小村子來？」

「只是想散散心，看路標朝寧靜的鄉下前進，就這麼開來了。誰知道車子不爭氣，大概是我忘了加水還是怎麼的，竟然就這樣在路上拋錨。幸虧碰到這兩個小鬼，他們領我進到村子來。順便問一下，您知道哪裡有電話嗎？」

「村長家有。」

「謝謝，還請您告訴我村長家怎麼走？」

翠玉阿姨雙手搭在張力強和葉嬌柔肩膀，說：「這兩個小鬼會帶你去，你跟著他們走就行了。」

張力強和葉嬌柔面露為難之色，說：「可是今天是天公伯生日，我們要去廟前廣場看布袋戲。」

「對喔！我差點忘了。那麼你們就等看完布袋戲，再帶這位叔叔去村長家。」

男子很想糾正翠玉阿姨，應該要叫自己大哥哥，但男子懶得跟翠玉阿姨聊下去，連忙再三確認村長家的位置，想早點離開。可是翠玉阿姨很熱情，似乎非要他順道去看看嘉武村引以為傲的兩大布袋戲班表演，於是男子也只好跟在葉嬌柔和張力強後頭，往天公廟走。

「大哥哥，你叫什麼名字？」

「我喔？大家都叫我小高，你們就跟著叫吧！」

「小高哥哥，你怎麼會跑到我們這裡來呢？」

「剛剛不是解釋過了嗎？」

「可是感覺你沒有誠實說耶！」葉嬌柔敏銳的說，張力強也附和說：「我也這麼覺得。」

小高發現自己的謊言被拆穿，身上釋放出有種擋不住的消沉，說：「我也不算完全說謊，我說散心是真的，但是不小心來到這裡是假。我會來到這裡是因為我是路癡，本來要往台南去，不知道怎麼的就開到跟台南八竿子打不著的地方。」小高雙手一攤，一臉無奈。

「你心情不好嗎？」

「是啊！但你們不會懂的，因為工作方面的問題。」

「你的工作是什麼呢？該不會是賽車手吧？」張力強想到小高開的跑車，猜想著說。

「如果真的是賽車手就好了，可惜在台灣開賽車可是一件違法的事，要吃罰單。不瞞你們說，我是電視公司的節目製作人。」

「電視公司的節目製作人！」葉嬌柔和張力強驚呼。

「有必要這麼驚訝嗎？」

「節目製作人是……幹什麼的呀？」兩個孩子說，他們只是覺得小高工作的名號聽起來很厲害似的，實際上他們並不瞭解這個摩登的工作有什麼內容。

小高也不意外，畢竟從事電視工作的人目前並不多。他對兩個孩子簡單解釋說：「節目製作人就是節目的負責人。節目製作人要確定一個節目的內容，還有製作節目的費用該花多少錢，節目製作人還必須吸收各種資訊，製作出能吸引大眾的節目。如果一個節目是一間店，那製作人有點像是開店的老闆，開店不但要保證賺錢，還要讓來店的顧客喜歡我賣的東西。譬如每天中午都有一個節目叫做『天天歡喜』，我的工作就是製作出像天天歡喜這種大家都喜歡看的節目，這樣你們懂了嗎？」

「所以大哥哥製作的節目，沒有人喜歡看嗎？」

小高摸著額頭，一臉被猜中的心虛表情，說：「對啦！我製作的節目被腰斬了，可是卻一直想不出新的想法。唉……再這樣下去我就要失業了。」

小高突然靈機一動，他想：「我從來沒有問過小孩子的想法，或許他們會給我什麼靈感。」

「你們喜歡看什麼節目？」小高問。

葉嬌柔和張力強，兩人對望，對他們來說，有比電視節目更好看的東西，異口同聲對小高說：「我們不看電視。」

「喔！」小高猜想，大概是鄉下地方沒有什麼電視，所以他們才這麼回答。這時，張力強突然說：「有比電視更好看的表演喔！」

「真的嗎？」

「跟我們走！」

小高半信半疑，但反正這時也無處可去，就跟著兩個孩子，來到廟前廣場。廟前廣場已經來了不少村民，他們都是來欣賞天公生日，一連三天的慶祝活動，而今天的重頭戲是米糕和鳳凰布袋戲團的精彩演出。

小高從小在台北長大，沒真正親眼見過布袋戲表演，見到用木板搭起來，手繪的戲台，以及種種簡陋而沒有任何聲光效果的硬體設施，不禁嗤笑：「原來你們要我看的就是這個。」

但是既然來了，小高也就姑且看之。一些村民發現這個奇裝異服的人，都朝這邊看，小高被看得有點不好意思，直到布袋戲開演才轉移了村民的視線。

「你們很喜歡布袋戲嗎？」

「很喜歡啊！」

「可惜……」張力強的臉上，藏不住愁容。

「可惜？」

「可惜這可能是最後一次看到我爸爸演出布袋戲了。」

第十六章

戲班擂台

「你說的是什麼意思？」小高見張力強哭喪著臉的表情，關切問說。

張力強覺得自己很沒用，一年來想不出什麼好方法，才會無法阻止爸爸把布袋戲戲班收掉的決心。

小高一問，張力強更加難過起來，葉嬌柔體貼朋友，索性把事情的來龍去脈對小高說了。

小高雖然不瞭解布袋戲，但他瞭解一個孩子對父親的期盼落空，會有多難過。

他收起本來對布袋戲充滿輕視的心，決定要從一個孩子的角度好好欣賞，一個對眼前孩子而言最珍視的表演。

這個決定，小高沒有失望。

米糕布袋戲全體上下，大家都卯足全力演出，一口氣把最經典的戲碼都搬了出來，大家知道，今天的演出可能是這輩子最後一次，不好好把握，就沒有下一次。

米糕布袋戲所展現出來的鬥志，台下觀眾也感受到了，但他們此刻還不明白，為什麼米糕戲班的人會如此賣命、認真的演出。

廟公和旁邊的人一面看，一面說：「剛剛孫悟空翻那個筋斗，好像比平常多翻了好幾圈。」

「是啊！早上的武松打虎也是，打得很認真，好像真的想把老虎給打死似的。」

「你說這奇不奇怪，照他們這種拼命使勁兒的演法，不累死才怪。可從早上演到現在，太陽都上頭頂了，還是這麼有精神。聽！口白師傅的聲音大到隔壁村都能聽見。」

葉秀蘭的鳳凰布袋戲班，今天氣勢整個被米糕布袋戲班壓倒，她也很納悶，米糕的人是怎麼了。

「難道張金榜還惦記之前在天公廟前輸給我們鳳凰戲班的屈辱，所以今天特別拼命，想要討回來？可是之前在開心小學園遊會上合作，我們合作得

很愉快啊？」

比起擔心米糕戲班，葉秀蘭從後台看過去，因為天公伯生日，來的觀眾不算少，但和前幾年的情況相比，今年少說掉了兩成的觀眾。

布袋戲的魅力，看似大不如前了。

小高看完米糕布袋戲的《孫悟空鬥二郎神》，以及鳳凰布袋戲的《西廂記》，整個人深深被布袋戲透過木偶以及對白所展現出來的戲劇張力給吸引。

他渾然忘我，只恨自己沒有早一點接觸布袋戲。

葉嬌柔和張力強見小高看得入神，在旁邊竊笑。

待一齣戲演完，小高同現場其他人用力鼓掌，他的手都拍紅了，顯然對表演很滿意。

但他的嘴角並沒有完全笑開，似乎在滿意之中還有些許瑕疵。

他喃喃說：「可惜啊！這些都是很棒的故事，但太古典了，不夠新鮮，

對於現代人來說吸引力恐怕不足。」

張力強像是聽見小高的評價，便說：「大哥哥，等一下有更精彩的！」

如果要以一齣戲做為收尾，對米糕布袋戲班來說，只有《燕子俠》一個選擇。

開創米糕布袋戲班的祖師爺，寫下這部原創經典。

果不其然，米糕布袋戲接下來演出的就是燕子俠。

小高沒見過燕子俠，這個跳脫傳統布袋戲古典故事的全新戲劇。

他的視線再也離不開，本來微微下垂的嘴角再次上揚，他跟其他觀眾，隨著燕子俠的一舉一動，心情跟著起伏。

不知不覺，一個小時的燕子俠演完了，小高還意猶未盡。

謝幕時，他不顧其他人的眼光，站起身用力鼓掌，叫好：「太棒了！精彩！一百分！」

村民們望向他，都笑他是個沒見過布袋戲的都市鄉巴佬。

小高一點也不在乎，他為自己迷路，卻因此有機會認識布袋戲而高興。

小高沒有辦法壓抑自己的興奮，他得到了扭轉自己命運的靈感。

他對張力強說：「你想贏得跟爸爸的賭注嗎？讓你爸爸跟米糕布袋戲班繼續演下去，演給全台灣一半以上的人看嗎？」

「大哥哥，難道你有什麼好主意。」

「好主意？拜託，我想到的是天大的超級霹靂無敵大主意，這個主意可以解決你的問題，還能同時解決我的問題。」

小高太興奮了，幾乎想要抱起兩個孩子轉圈圈。

張力強和葉嬌柔都還搞不清楚狀況，張金榜和工作同仁，他們走到台前謝幕。

鳳凰布袋戲也差不多同時落幕，他們的成員和米糕的成員站在一排，一同接受村民們的掌聲。

張金榜很激動，直到最後一刻，他還是很猶豫，但他仍然下了這個決

定。

他望向孩子坐著的方向，看來張力強還是沒有想到可以贏得和自己賭約的方法。

面對眾人，張金榜把心底的話對在場所有人說：「各位鄉親、各位父老，金榜今天有些話，想要跟各位說。」

廟公見張金榜臉色不對，其他人見平常沒有什麼情緒的布袋戲阿伯，此時卻面色凝重，大家都安靜下來，想聽張金榜要跟大家說些什麼。

羅偉誌，他已經壓抑不了內心的情緒，自己從小在米糕戲班長大，第一個學會的技藝就是操作布袋戲，可是今天卻必須要跟這個自己從小生長的環境脫離，就像一個孩子準備離家遠行，內心糾結，不禁流下淚水。

張金榜望著天，好像在跟天公伯說抱歉：「對不起，在您的生日卻要宣佈我這個嘉武村的男丁要解散布袋戲班的消息。原諒我，以後不能再為您演出了。」

羅華漢個性比較內向，他努力忍著淚水，但淚水卻不聽使喚，他的眼淚跟哥哥不一樣，輕輕從臉頰上滑落，而且因為過度忍耐，整張臉漲紅，好似一顆大蘋果。

其他團員也是各個面露哀戚，今天的場面不像天公伯生日，倒像一場喪禮。

大蝦叔儘管內心萬般不捨，他還是選擇盡一個副班主的責任，那就是尊重班主的意思，善盡輔佐的工作，而不是踰越自己的身份，表達太多自己的情緒，與班主唱反調。

此外，多年來他也看過一些布袋戲班因為經營問題，從此在戲壇消失，多了這些經驗，他比較能面對解散的事實。

「各位，大家都知道，布袋戲已經不像以前那樣流行，爸爸媽媽帶著孩子來看戲已經不是度過週末的唯一選擇。

現在有越來越多的人選擇看電視節目，好像新聞、綜藝節目、時事論

壇、卡通和電影等等節目都比布袋戲好看。我沒有看過幾次電視，不知道電視好看在哪裡。

我只知道，這個戲班是我爸爸留給我的，雖然我不是很好的班主，不是很好的操偶師，更沒有口白師傅的好嗓音，但我盡力的想要維持爸爸留下來的這個戲班。

可是，我想我的能力太有限了，以至於沒有辦法繼續堅持下去。戲班的生意一天比一天差。

唉！米糕戲班上下十一口人，還不包括我的乖兒子力強，這麼多人靠著一個戲班生活，最後卻……卻只能選擇其它工作，以免以後沒頭路，大家要喝西北風。

另一方面，大家都鼓勵說國語，說閩南語的布袋戲好像也變成邪魔歪道。好像看布袋戲就不能學國語，其實布袋戲也可以講國語，只是聽起來會怪怪的。

因為布袋戲本來就是漳州、泉州的東西，本來就不是用國語表演，要是改成國語，觀眾只怕會更少。我這個人不太會說話，所以今天我只想說……我張金榜對不起鄉親，對不起大家，對不起天公伯，對不起……對不起。」

米糕布袋戲班的團員都哭了，他們也不是不明白戲班的生意逐漸變差的窘境，可是大家都捨不得，因為這個戲班不只是戲班，還是一個家。

葉秀蘭聆聽張金榜的演講，內心激動，眼眶也紅了。

鳳凰布袋戲班的生意同樣在過去一年，有如溜滑梯般，不斷往下滑。只是葉秀蘭並沒有放棄戲班，選擇繼續經營，可是前途茫茫，她也不知道該如何是好，只能把希望寄託在孩子嬌柔身上。

在場的廟公與村長，還有其他許許多多看著米糕布袋戲長大的村民，他們都不敢相信所聽到的消息。

村長向張金榜急問：「金榜，你知道自己在說什麼嗎？米糕布袋戲是學

西留下來的基業，是我們嘉武村的驕傲。你現在放棄，等於對不起祖宗，對不起自己的父親，你明白嗎？」

張金榜怎麼會不明白，可是明白又怎麼樣，他望著村長，說：「請問村長，戲班子的生意不如以往，我們又能怎麼辦？還是您有什麼好主意，請告訴我，幫助我們米糕戲班渡過難關。」

批評其他人的事情很容易，真的要自己想辦法卻顯得很難。

村長聽張金榜要自己出主意，他哪裡想得出什麼主意，只好閉上嘴巴，坐回位子上。

談到要幫助戲班，等於就是要眾人出錢，在場村民大家掂掂自己荷包，誰也不好意思再說些什麼。

葉秀蘭看到鄉親們無法伸出援手，她忍不住跳出來對大家說：「諸位鄉親，米糕戲班是我們嘉武村的驕傲，提到嘉武村，大家知道嘉武村產好吃的芭樂，以及演出好看《燕子俠》的米糕布袋戲。少了米糕布袋戲，嘉武村就

像宗祠少了龍柱，萬萬不行啊！」

張金榜感激葉秀蘭的義氣，但他在決定要說之前，已經想好該怎麼面對現實，他對葉秀蘭搖搖頭，示意要她不用再說下去。

第十七章 給我勇氣

張金榜在天公伯生日這天，宣佈米糕布袋戲將於今年演出結束後走入歷史，所有關心米糕布袋戲的朋友都很震驚。葉秀蘭這方也因為布袋戲班有生存危機，發愁不知該如何因應。

幾十公尺外，小高把他想到的好主意告訴張力強和葉嬌柔，他對張力強說：「想要讓台灣一半以上的人都見到米糕布袋戲的演出，只有一種方法。」

「什麼？你快說！」張力強和葉嬌柔，兩人急問。

「讓米糕布袋戲上電視演出。」小高覺得自己的點子太棒了，驕傲的說。

張力強和葉嬌柔聽了小高的想法，第一時刻都懷疑是否可行，他們從來沒有聽過布袋戲可以變成電視節目，在電視上播出。

「這真的可以嗎？」

「當然可以，我是誰？我是專門創造好看節目的節目製作人啊！」

「但你怎麼知道電視台會願意放布袋戲當節目呢？」

「這是個好問題！總之這個問題交給我，說服你老爸跟我們合作的問題交給你。」

張力強和葉嬌柔的小腦袋裡還有些不能理解的疑惑，但當張金榜把解散的消息告知全村，他們知道不能再拖下去。也許布袋戲上電視終究只是一場夢，他們也要拼一拼。

如果連做夢的勇氣都沒有，又要如何使美夢成真？

「你打算就這麼放棄嗎？張班主。」葉秀蘭對張金榜說：「這就是村民們口中，帶給孩子歡笑，讓孩子們尊敬的布袋戲阿伯嗎？」

「這也不是我能控制的，你們的生意一樣不好吧？你們也該想想退路了。」

張金榜一語道破，葉秀蘭轉頭望向自己的班底，枝春姊等人，她們對生意好壞感受深刻。這一刻，彷彿她們也見到鳳凰布袋戲的未來，可能就跟宣

佈解散的米糕布袋戲一樣。

「一定還有辦法！」葉秀蘭對張金榜說。

沒有人回應，大家都沉默了。天公伯生日這一天，歡欣鼓舞的氣氛蕩然無存。

「我有辦法！」張力強的聲音，劃破寂靜，帶給現場所有人希望。

張力強嬌小的身子緩緩走到米糕戲台前，他跳上一張凳子，才讓現場的人都能看到他。

並不是大人才有勇氣，當孩子有要守護的寶物，孩子很可能會比大人更加有勇氣。

張力強再沒有任何猶豫，對爸爸說：「爸爸，有一個方法可以完成我們的約定，讓台灣一半的人看到我們米糕布袋戲的演出。」

張金榜以為兒子又在想天馬行空的點子，但基於父親對兒子的愛，他還是很有耐心的聆聽，說：「真的嗎？你真的想到可以贏過老爸的好點子？」

「不是我一個人想到的，是我和朋友們一起覺得可以試試看的方法。」

「試試看？就是不保證會成功的意思囉？」

「嗯……我不能欺騙爸爸，可是我希望爸爸給大家——大蝦叔、偉誌哥哥、華漢哥哥還有我，以及所有村民一個讓米糕布袋戲繼續帶給觀眾歡樂的機會。」

「你說，爸爸在聽。」

葉嬌柔緩步走到張力強身邊，雖然她沒有說話，但光是站在好朋友身旁，就能帶給張力強更多的勇氣。小高也走過來，他想如果真的要實踐把布袋戲弄上電視的念頭，不能老是站在後方，自己也得到前面來，遲早都要和布袋戲班班主張金榜溝通。

小高將名片遞給張金榜。張金榜接過名片，同時聽著兒子的說明。

「有一個方法可以讓台灣一半以上的人都見到米糕布袋戲的演出，就是在電視上演出布袋戲。」

在場眾人聽到張力強的方法，都哈哈大笑。

有些人想都不想，就認為張力強提的方法根本不可行。

「怎麼可能嘛！」、「哈哈！誰會在電視上放布袋戲啊！」、「會有人看嗎？電視台的人又不是傻瓜。」

有些人則是惋惜，惋惜自己幫不了米糕布袋戲，卻又同情孩子們想要伸出援手的勇氣。

「唉！孩子終究只是孩子，盡是一些不切實際的想法。」、「可惜、可惜，大人們竟然想不到一個比孩子更好的點子。」

然而，現場的大人們還不能理解，唯有孩子才能彼此感受到，張力強所傳達的夢想有多可貴。

第十八章 我喜歡布袋戲

和張力強、葉嬌柔同班的孩子，擔任風紀股長的張勝豐無視嘲笑同學的父母，舉手大聲說：「我想看，我想看電視台演布袋戲！」

六年丙班那位留著長辮子的女同學佩珍，她也對張力強的方向吶喊：「我也要看！燕子俠上電視一定更帥。」

「還有我，我也支持布袋戲上電視。」

「沒錯！人類可以上月球，布袋戲當然可以上電視！」

「上電視！上電視！上電視！上電視！上電視！上電視！上電視！上電視！」

孩子們鼓譟的聲音、孩子們彼此支持的聲音，讓在場所有大人都羞愧起來。

他們收起對孩子的輕視，理解到孩子有自己的想法。

更重要地，大人們想起自己也曾經是孩子，曾經有夢想，並且曾經討厭大人們嘲笑自己的夢想，可是今天自己變成大人了，卻反過來嘲笑孩子。

他們的臉紅了，他們感到不好意思，並且他們慢慢被孩子們真誠的信念感染，想法開始轉變，覺得或許真的能夠和張力強所說的一樣，布袋戲能夠透過電視，獲得新生。

「這……太不可思議了。」

張金榜不敢相信孩子們會一起為米糕布袋戲班的未來，表達他們最誠摯的請託，請託米糕布袋戲繼續生存下去，並且從鄉下野台，轉戰台北電視台。

透過許多孩子們對布袋戲的愛，張金榜這位阿伯想起自己對於布袋戲的熱愛。

在小時候，雖然跟著爸爸很辛苦，但是自己是真心喜歡布袋戲，更喜歡對布袋戲執著，不顧一切的熱血老爸。

「哈哈！看來我也是位熱血的老爸。」張金榜笑了。

面對現實，張金榜想從小高身上得到更多的保證。

「高先生，你確定這個方法可行？」

「張先生，過去我對布袋戲一知半解，從來沒有真正看過布袋戲。可是今天我看了布袋戲，深深受到感動。確實木偶不像人類演員，可以透過臉部表情傳達故事，可是布袋戲依舊能夠表達人類的情緒，恩怨情仇。說真的，還能比常人做得更多，能做到許多人類做不到的武打動作。而且講現實一點，布袋戲怎麼看都比實際出外景拍電視劇便宜實惠多了。」

「呵！最後那一句才是重點吧？」

「張先生，省錢不是重點，如果一個節目不好，再省錢都會倒。我今天是真的見到布袋戲的潛力，想要跟您合作。也許我不是最大牌的節目製作人，但請相信我絕對是最有誠意，想要將布袋戲推上電視螢幕的製作人。」

「所以這件事情八字還沒一撇，很有可能變卦囉？」

「老實說，對！但不試試看怎麼知道。」

「我會馬上回到台北，準備好所有相關的資料，帶著企劃書去見電視台

的總經理，務必將貴戲班的布袋戲搬上電視。尤其是最後的《燕子俠》，這個從小人物發展出來的俠客實在太棒了，相信能夠觸動市井小民渴望正義、平等的渴望。」

「高先生，電視劇少說要好幾集吧！但我這燕子俠，徹頭徹尾只夠演一個多小時，能上得了你們節目嗎？」

「這……」小高面露難色，這一點他倒是剛剛沒有認真想過。

葉嬌柔和張力強，他們幾個月來的默默努力，終於在這個時候能夠派上用場。

「爸爸，你不用擔心啦！劇本我有。」

從隨身那個用麵粉袋做成的白色包包中，張力強拿出和葉嬌柔這幾個月一起創作的燕子俠劇本。

兩個人雖然都還只是小學生，可是經過幾個月的累積，竟然足足有十幾本數學作業簿的份量。

張金榜看得目瞪口呆，問兒子說：「你們什麼時候寫那麼多的？」

「我和嬌柔兩個人這幾個月，幾乎天天一起想著要怎麼樣讓燕子俠的故事更有趣。所以我們經常在一起思考並創作燕子俠的故事，不知不覺就寫了這麼多。」

小高翻開寫在數學作業簿裡頭的劇本，一頁頁仔細審視，劇本裡頭不但有文字，還有兩個孩子畫的插畫。

故事的份量，小高估算一下，足夠拍上至少三十小時的演出。

「這個份量，演一個月都沒問題。」

「真的嗎？」張金榜喜出望外的說。

「當然是真的，有了這些劇本，我就能寫出很完整且具體的企劃書了。」

「所以你沒有在開玩笑。」

「絕對沒有！」

小高拍胸脯保證，還不忘補充說：「到時候也許還需要您帶著戲班子上台北一趟。」

張金榜閉眼，仔細琢磨種種利弊得失，現場的孩子們又繼續開始鼓譟著，大聲呼喚他們對布袋戲的喜愛。然後連大人也加入他們，跟著孩子一起喊。

「上電視！上電視！上電視！上電視！上電視！上電視！上電視！上電視！上電視！」

終於，兒子的愛還有鄉親的感情以及孩子們的誠摯請託，讓張金榜收回想要結束演出的念頭。

張金榜伸出手，和小高緊緊相握，說：「請你千萬要牽成布袋戲上電視演出的機會。雖然我只是一個鄉下人，沒讀過什麼書，但我相信布袋戲能夠帶給台灣更多人一個美好的生活體驗。」

「交給我。」

　　因為小高承諾挽救米糕布袋戲，挽救嘉武村的榮耀。村子裡頭的大人沒花多久工夫，就把小高的跑車給修好。

　　當天傍晚，小高連晚餐都沒吃，帶著張力強與葉嬌柔辛苦寫出來的劇本，及村民們的希望返回台北，撰寫要遞交給電視台主管的企劃書。

第十九章

布袋戲上電視

小高回去台北，一連七天沒有消息。村民們焦急等待，有的人甚至懷疑張金榜根本是受騙了，張力強與葉嬌柔辛苦寫出來的劇本，可能被一位騙子騙走，現在不知道向哪位有錢人兜售。

就在村民們忐忑不安的關鍵時刻，村長家終於接到來自台北的電話。村長馬上叫家裡的人跑去通知張金榜，小高來電話的消息。

透過電話，小高和張金榜趕緊就最新的進展進行瞭解。

「高先生，你一連七天沒有消息，大家都急死了。」

「抱歉！電視台作業有標準流程，我想快也快不了。」

「那現在情況怎麼樣？」

「情況……現在情況有點複雜。我回到台北後，花了兩天時間寫了企劃書，並且稍微整理了一下令郎的劇本。電視台的主管看了企劃書，但他們對於劇本中某些部份有疑慮，而且對於布袋戲操作的細節也不是很清楚。」

「這樣聽起來，根本就是被拒絕了嘛！」張金榜氣憤的說。

「張先生，您先冷靜一點。電視台那些主管幾乎沒看過布袋戲，畢竟用企劃書和劇本跟他們說，對他們來說都太抽象了。我極力爭取無論如何要給你們一個演出的機會。」

「所以還有轉機囉？」

「是的，但這個轉機需要你們配合。」

「您儘管說。」

「可以請米糕布袋戲團北上，在我們電視台演出一場《燕子俠》嗎？」

「此話當真？」

「嗯！要想說服電視台的主管，我想這是最好的方法。」

後來又交待了一些注意事項，張金榜掛上電話。周圍包括村長等其他人都想要趕快知道結果，催促張金榜將最新情況告訴大家。

「我們要上台北了……為電視台主管演一齣燕子俠。」

「太棒了！」眾人歡呼。

張金榜怕大家期望太高，到時候會失望，雙手擺了擺，要大家安靜一點，切莫鼓譟，說：「還不確定可以上電視，只是要先演給電視台的主管看。要是主管同意了，就有機會讓布袋戲搬上電視螢幕。」

上台北，對於張力強與葉嬌柔等鄉下孩子而言，與出國無異。台北跟紐約、倫敦、東京、巴黎一樣，都是一個陌生、充滿幻想的城市。

有這個去台北走走看看的機會，張力強自然不會放過，說什麼都要跟著去。

剛開始張金榜覺得帶著孩子去，好像不大得體。反而是大蝦叔幫孩子說話：「力強身為《燕子俠》的編劇，也應該上台北看看。不然談論起劇情，難道我們幾個大人還能說的比編劇更多？」

「好吧！」張金榜說不過大蝦叔，也覺得讓孩子長長見識，可以算是機會教育。

張力強沒忘記好友，對爸爸說：「葉嬌柔也要跟我們一起去。」

「這件事要看葉班主的意思，她媽媽不答應，我也沒辦法。」

「那我們就去找葉媽媽談。」

「這不大好吧！」

「爸爸，記得幾個月前，葉媽媽為了大局跑到你這裡來晤談，一個女生比男生還有勇氣，這樣感覺男生就遜掉了。」

「所以你覺得爸爸遜掉了嗎？」

「當然不是……假如爸爸願意去葉媽媽那邊遊說的話。」張力強話越說越小聲，他尊敬爸爸，但又希望爸爸能夠幫忙自己，讓葉嬌柔跟自己一起上台北。

其實，張金榜早就想找葉秀蘭談談，倒不是為了孩子上台北，而是為了嘉武村布袋戲事業的將來。

這一次，彷彿情節重現，只是角色對調。張金榜帶著兒子，前往拜訪鳳凰布袋戲班。

葉秀蘭像是早預測到張金榜會來，對於張金榜的出現完全不意外。

「張班主，沒想到會有您來登門拜訪的一天。」

「我自己也很意外，如果是一年前，我絕對想不到我會來。」張金榜喝下一口茶，吐出一口熱氣。接著說：「到底我們算是師出同門。當年我父親，以及您先夫都曾經在許常德老先生那兒學習。雖然彼此習藝的時間相隔十多年，但從輩份上說，還能算得上是同門師兄弟。對於整個布袋戲的發展，妳我都清楚，每當科技進步一分，布袋戲的傳統就被抹煞一分。我是不願意布袋戲被遺忘，因為布袋戲世我們的根。當然，我曾經軟弱過，想要放棄，幸好最後孩子們讓我想起初衷，可是要做到維繫我們的布袋戲，光靠我或單一個戲班都是不夠的。」

「夠了！不用再說下去了。」葉秀蘭說：「您接下來要說的，我都明白。張班主，就讓我們共同努力，試著打開一片新天地。」

「為了布袋戲。」

「為了嘉武村。」

「為了我父親。」

「為了我丈夫。」

「為了……為了孩子。」

同為布袋戲從業人，張金榜和葉秀蘭取得共識，不知不覺間，競爭關係早已發展成為夥伴關係。在這之前，他們的孩子早已跨越兩間戲班之間的阻礙，成為朋友，如今這道感情關係從下到上，發展到成年人的層次。

浩浩蕩蕩，幾乎全村人都來公車站送行。鳳凰布袋戲和米糕布袋戲，兩個戲班合併在一起，他們一行二十多人，要前往台北，為電視台演出，也為了打開布袋戲更加多元化的發展盡一份心力。

一輛公車緩緩駛來，公車後方還有一輛貨車。

張金榜見到公車，納悶問著：「這班公車，怎麼空蕩蕩的沒有乘客？」

村長說：「你們這一行人，人數眾多，加上還有戲台子等等設備，光靠公車怎麼行？」

鐵工廠劉老闆說：「這輛公車全村人包下來了，你們儘管舒服的乘坐。後頭是我們工廠的貨車，司機老王技術很好，用來載戲台子跟設備再好也不過。你們可得為我們嘉武村爭光，讓那些台北的『都市俗』知道我們鄉下人的厲害。」

如果真的有什麼東西可以讓嘉武村的人團結，就是演出三十年的布袋戲。

這場仗，不是張金榜一個人打，也不是米糕布袋戲一個戲班打，而是整個嘉武村，整個布袋戲文化。

年輕一輩努力想要將布袋戲保留下來，張金榜、葉秀蘭、張力強、葉嬌柔，他們利用年輕人的創意，想到將電視與布袋戲結合的點子，打算上台北電視台，將傳統的布袋戲化為創意產業。

鄉村與都市，傳統與現代，到底會擦出什麼火花？

第二十章

明天會更好

在台北迎接來自嘉武村的兩個布袋戲班，是台北車水馬龍的喧囂。本來一路行駛順暢的公車和貨車，一進入市區，速度馬上慢了下來。在車陣中間，怎麼也快不了，眼看和小高約定的時間慢慢逼近，整車人只能乾著急。戲班成員只好向天公伯禱告，祈求能夠一切順利。或許真的老天有眼，公車和貨車擺脫車陣，硬是比約定時間早五分鐘抵達電視台大樓。

電視台大樓外，往來行人見到這群穿著土裡土氣，還帶著戲台子等布袋戲設備的人，都在發笑。

「這些人來幹麼啊？」、「天啊！你看那個人的綁腿，他是來種田嗎？」、「好傳統的服飾，好像我每年回鄉下老家，家裡阿嬤就是這麼穿。」

台北人的評價，給張金榜與葉秀蘭的第一印象就很不好。孩子們又何其無辜，張力強與葉嬌柔聽到身邊那些人好像在嘲笑自己，問大人說：「那些人為什麼要笑我們？」

葉秀蘭對孩子說：「那是因為他們眼中只有自己，只覺得自己最好，這種人沒有什麼見識。我們今天就要透過布袋戲，告訴他們世界很大，台北不是台灣的中心，還有許多美好的東西，值得人們去追尋。」

小高在電視台大門外等著，見到張金榜等人，高興的上前迎接。

「一路上辛苦了，可惜沒有辦法給你們太多休息的時間，我們得馬上進入攝影棚。」

「這沒有問題，但搭個戲台的時間總有吧？」

「基本上有，可是你們要快。這些電視台主管跟政府官員一樣，時間抓得很緊，一個小時就是一個小時，多了沒有。」

一行人被領到第三攝影棚，大夥兒見到攝影棚內部，上下左右張望，都開了眼界。

攝影棚天花板有數十盞各種不同的燈光，挑高至少三層樓，三部攝影機分別站定三個方位。一般人從電視中看到那狹小的舞台，其實周圍還有偌大空間，只是這些空間都拿來給工作人員利用。

想到事不宜遲，米糕和鳳凰兩個戲班的成員，一起搭起戲台。也多虧兩個戲班聯手，共搭一個戲台的時間比平常至少快了一倍。

羅偉誌和枝春姊，兩人搭戲台的時候，彼此不小心碰到對方的手，兩個人都害羞的羞紅了臉。

張力強見狀，忍不住對葉嬌柔笑說：「我們戲班的頭號帥哥，好像被妳的頭號書僮給電到了呢！」

戲台架好，電視台的燈光師配合調整，攝影師們姍姍來遲，等到戲台架設完畢，才開始測試拍攝的角度。

米糕戲班的操偶師、口白師傅和樂團就定位，連彩排的時間也沒有，電視台總經理帶著秘書和兩位高階主管，一行四人來到攝影棚。總經理雙手叉在胸口，一副對於小高規劃的布袋戲節目並不是很感興趣的樣子。

主管們才剛坐好，氣氛好像突然緊張起來。戲班的人這麼多年少說演過

上千次，這一刻卻都莫名的緊張起來，像是回到第一次，對觀眾的反應無法預期，各種胡思亂想紛紛在腦中出現。

張金榜和葉秀蘭經驗豐富，見大家情緒不穩，馬上幫助大夥兒轉移注意力，叫大家拿出劇本仔細在腦海中順個兩遍。

「你給我把第三場給背熟了。對！就是你，還不快拿劇本起來背。」

「大家跟著慧萍，誰也別給我走神了！」

並且故意大聲命令每個人，讓每個人無暇分心。

總經理對小高冷笑，說：「這些人到底行不行？看起來各個緊張得很，該不會都是新手吧？」

「報告總經理，他們都是地方上赫赫有名的布袋戲班。我想只是因為第一次進電視台錄影，所謂『劉姥姥進大觀園』，頭一遭總會比較緊張些。」

總經理拿起手錶，說：「我五點還要跟銀行開會，現在已經四點十分了，可以開始了吧？」

「是是是。」

周圍的燈光一滅，只剩下幾盞打在戲台上的光線。燕子俠，第一次在台北上演，就是在攝影棚內，面對全場比戲班人數還少的觀眾。

「三更紮上燕子鏢，名利權貴擺兩邊，寡人微力行正義，心繫社稷保太平。」

熟悉的念白一出，口白師傅清晰的口音，馬上抓住主管們的注意力。燕子俠開演了，這個故事經過張力強與葉嬌柔稍微改良，講的是京城出現一位專門進入有錢人家偷竊的小偷，官府的人馬要緝捕他歸案。

燕子俠本來要緝捕這位小偷，卻發現小偷劫富濟貧，將不義之財還諸於民。燕子俠經過內心的掙扎，將小偷三擒三縱，希望小偷可以改過向善。結果在過程中，燕子俠反而被誤認為是同黨。

最後燕子俠靠著智慧，非但洗刷自己是歹徒的冤屈，還幫助小偷不再偷竊，並且透過地方慈善團體的力量，有秩序且合法的幫助需要幫助的民眾。

故事架構很簡單，卻體現出市井小民需要接受幫助，勢利權貴需要有人加以懲治，以古諷今的社會亂象。這個劇本不完全新鮮，而是以布袋戲的形式，讓整個故事在最簡單的情況下呈現出來。

加上一般看布袋戲是坐在戲台前，一眼觀覽全景。而透過攝影機，則能做到人物特寫，以及利用攝影棚內的乾冰、五顏六色燈光等電動設備，製造出更多有創意的效果。

並且一場戲演下來，不需要出外景，耗費大量人力、物力，只要在攝影棚內就能把戲一口氣拍完。

總經理自燕子俠開演五分鐘後，視線就沒有離開過戲台，他深深的被故事以及戲偶們的動作抓住目光。

小高本來有點擔心，但見到總經理的反應，他知道這個案子絕對會成。

最擔心的，則是戲班的大人們，因為他們不知道電視台的人會用什麼標準看待他們的表演。可是當表演過了序幕，他們也忘了緊張，因為他們喜歡

表演布袋戲，此刻他們正樂於自己的工作，感受工作的快樂。

至於張力強與葉嬌柔兩個小傢伙，他們跟總經理一樣，沉浸在故事中，他們見到自己改編的故事被活生生的演出來，都興奮的想要當場大叫，然後在攝影棚飛奔。

戲演完了，整座攝影棚靜悄悄，只聽得到戲班操偶師、口白師傅和樂團樂師們辛苦一場下來的喘息聲。

總經理一語不發，看了看戲台，又看了看手上的劇本。他起身，領著秘書和經理，往攝影棚的出口走去。

走沒兩步，總經理回頭對現場眾人，深深的一鞠躬，說：「謝謝你們讓我看到這次精彩的表演，我希望能讓全台灣的民眾，都能透過電視機欣賞布袋戲的美。」

然後朝向小高，總經理吩咐：「給你一個月的時間，將一季的《燕子俠》拍攝好。嘿！這套戲不但台灣能播映，還能把片子賣給香港、澳門、馬

來西亞等地呢！」

主管們離開，小高對張力強、葉嬌柔，還有張金榜和葉秀蘭，以及其他戲班成員比出大拇指。眾人確定任務成功，這才敢大聲歡呼。

「太棒了！我們辦到了！」所有人抱在一起，又叫又跳。

三個月後，《燕子俠》成為全台灣民眾必看的電視節目，茶餘飯後的全民話題。因為節目的風靡，眾人探索作者，才赫然發現原來是來自鄉村，由布袋戲阿伯、阿姑；大朋友與小朋友共同創作的戲劇故事。

布袋戲從來沒有退流行，無論是現在與未來，都將繼續陪伴台灣人，繼續體會這項技藝的美好。

張力強與葉嬌柔，他們繼續父母親的志業，持續創作。相信有一天，我們還能在電視上見到他們兩人合寫的精彩布袋戲故事。

光陰的故事系列：08

布袋戲阿伯

作者◇劉日羲
出版者◇培育文化事業有限公司
執行編輯◇禹金華
社址◇22103 新北市汐止區大同路三段一九四號九樓之一
TEL（〇二）八六四七一三六六三
FAX（〇二）八六四七一三六六〇
總經銷◇永續圖書有限公司
劃撥帳號◇18669219
地址◇22103 新北市汐止區大同路三段一九四號九樓之一
TEL（〇二）八六四七一三六六三
FAX（〇二）八六四七一三六六〇
E-mail yungjiuh@ms45.hinet.net
網址 www.foreverbooks.com.tw
法律顧問◇中天國際法律事務所 涂成樞律師 周金成律師
出版日◇二〇一一年九月

國家圖書館出版品預行編目資料

布袋戲阿伯/ 劉日羲. -- 初版. --
新北市：培育文化，民100.09
面： 公分. --（光陰的故事系列：8）
ISBN 978-986-6439-60-5（平裝）
857.7 100013403

培育文化讀者回函卡

謝謝您購買這本書。
為加強對讀者的服務，請您詳細填寫本卡，寄回培育文化；並請務必留下您的E-mail帳號，我們會主動將最近〝好康〞的促銷活動告訴您，保證值回票價。

書　　名：布袋戲阿伯
購買書店：＿＿＿＿市／縣＿＿＿＿＿＿書店
姓　　名：＿＿＿＿＿＿＿＿生　　日：＿＿年＿＿月＿＿日
身分證字號：＿＿＿＿＿＿＿＿＿＿＿＿＿＿
電　　話：(私)＿＿＿＿＿(公)＿＿＿＿＿(手機)＿＿＿＿＿
地　　址：□□□－□□
　　　　：＿＿＿＿＿＿＿＿＿＿＿＿＿＿＿＿
E-mail：＿＿＿＿＿＿＿＿＿＿＿＿＿＿＿＿
年　　齡：□ 20歲以下　□ 21歲～30歲　□ 31歲～40歲
　　　　　□ 41歲～50歲　□ 51歲以上
性　　別：□ 男　□ 女　　婚姻：□ 單身 □ 已婚
職　　業：□ 學生　□ 大眾傳播　□ 自由業　□ 資訊業
　　　　　□ 金融業　□ 銷售業　□ 服務業　□ 教職
　　　　　□ 軍警　□ 製造業　□ 公職　□ 其他＿＿＿＿＿
教育程度：□ 高中以下(含高中)　□ 大專　□ 研究所以上
職位別：□ 負責人　□ 高階主管　□ 中級主管
　　　　□ 一般職員　□ 專業人員
職務別：□ 管理　□ 行銷　□ 創意　□ 人事、行政
　　　　□ 財務　□ 法務　□ 生產　□ 工程　□ 其他＿＿＿＿＿

您從何得知本書消息？
□ 逛書店　□ 報紙廣告　□ 親友介紹
□ 出版書訊 □ 廣告信函　□ 廣播節目
□ 電視節目 □ 銷售人員推薦
□ 其他＿＿＿＿＿＿＿＿＿＿＿＿＿＿＿

您通常以何種方式購書？
□ 逛書店　□ 劃撥郵購　□ 電話訂購　□ 傳真　□ 信用卡
□ 團體訂購 □ 網路書店　□ 其他

看完本書後，您喜歡本書的理由？
□ 內容符合期待　□ 文筆流暢　□ 具實用性　□ 插圖生動
□ 版面、字體安排適當　□ 內容充實
□ 其他＿＿＿＿＿＿＿＿＿＿＿＿＿＿＿

看完本書後，您不喜歡本書的理由？
□ 內容不符合期待　□ 文筆欠佳　□ 內容平平
□ 版面、圖片、字體不適合閱讀　□ 觀念保守
□ 其他

您的建議：＿＿＿＿＿＿＿＿＿＿＿＿＿＿＿＿＿
＿＿＿＿＿＿＿＿＿＿＿＿＿＿＿＿＿＿＿＿＿＿

剪下後請寄回「22103新北市汐止區大同路3段194號9樓之1培育文化收」

請用膠帶黏貼

廣告回信
基隆郵局登記證
基隆廣字第200132號

221-03

新北市汐止區大同路三段194號9樓之1

培育文化事業有限公司

編輯部　收

請沿此虛線對折免貼郵票，以膠帶黏貼後寄回，謝謝！

為你開啟知識之殿堂